红棉花开

陌上暖阳

蔡秋川 著

中国纺织出版社有限公司

内 容 提 要

《陌上暖阳》收录了作者近年来精心创作的多篇散文、随笔和诗歌。作者以细腻的笔触描绘了人生、自然、情感等多个主题的内容。作品大多以日常生活为背景，赋予平凡的事物以新的生命和内涵。

本书中，作者深入思考了现代社会中人与人之间的关系、心灵的孤独与追求等问题。她以文字的形式将这些思考呈现给读者，让读者体味到她对生活的独到见解和人文关怀。而通过《陌上暖阳》这一书名，读者更可以感受到作者想要传达的那份温暖与希望。

此外，作者还在文章中巧妙地融入自己的生活经历和体验，使得作品更具真实感和感染力。读者在阅读中，不仅可以品味到文字的魅力，还能与作者的情感世界产生共鸣。

图书在版编目（CIP）数据

陌上暖阳 / 蔡秋川著. -- 北京：中国纺织出版社有限公司，2025.2
（红棉花开）
ISBN 978-7-5229-1776-4

Ⅰ.①陌… Ⅱ.①蔡… Ⅲ.①散文集-中国-当代 Ⅳ.①I267

中国国家版本馆CIP数据核字（2024）第096292号

责任编辑：刘梦宇　　责任校对：高 涵　　责任印制：储志伟

中国纺织出版社有限公司出版发行
地址：北京市朝阳区百子湾东里A407号楼　邮政编码：100124
销售电话：010—67004422　传真：010—87155801
http://www.c-textilep.com
中国纺织出版社天猫旗舰店
官方微博 http://weibo.com/2119887771
北京虎彩文化传播有限公司印刷　各地新华书店经销
2025年2月第1版第1次印刷
开本：880×1230　1/32　总印张：72
总字数：890千字　总定价：680.00元（全9册）

凡购本书，如有缺页、倒页、脱页，由本社图书营销中心调换

秋水长天　平川无垠
——蔡秋川《陌上暖阳》序

黄国钦

"落霞与孤鹜齐飞，秋水共长天一色。"

"风轻秋水阔，云淡楚天长。"

……

每当读到这样意境开阔辽远的诗句，我就会想起忘年交小友秋川。秋水长天，平川无垠，鸿雁振翅，风光在前。

秋川籍贯潮州，却出生在广州。小时候，秋川不会说潮州话，广府、普通话交换着用。长大了，神不知鬼不觉，她倒学会了这种普天下公认的最难学的语言，且操练得出神入化、地道老到，标准正宗。听她出口：

"哇父！惊了着死。"

"兴死无返潮州。"

"笑了着死。"

"哇父，潮州浪险。"

"嘿嘿，我命好，有这么好的叔叔。"

也不知道，她背后下了多大苦功。

潮州话难如外语，潮州话堪比外语，坊间向有公论。相传潮籍画家林墉，早年参评职称，表格里有一栏：懂何种外语。林墉填：潮州话。专家看了，很生气啊，扯淡，潮州话算哪门子外语？林墉不慌不忙，笑嘻嘻地回答："泰国算不算外国，新加坡算不算外国，马来西亚算不算外国，缅甸算不算外国，老挝算不算外国，柬埔寨算不算外国，菲律宾算不算外国，印尼算不算外国？还有越南？"专家回答不来。林墉又慢慢地说："我到这些地方，他们也都说潮州话，怎么说潮州话不是外语呢？"

这是坊间令人心旷神怡的一段笑谈。

秋川也颇像她的这位潮州画家前辈，一手画画，一手作文。林墉的散文清新隽永，画面感极强，把潮州方言提炼成典雅的文学语言。有一段时间，《作品》《家庭》《广州文艺》连续发表林墉的散文，《羊城晚报》"花地"副刊也为他开辟了"大珠小珠"专栏，那几年，五羊城里，颇有些人人争读、洛阳纸贵的感觉。林墉也曾笑对我说，有一次，他在白云山登山，听到前面两个人在谈论，说有两个林墉，一个画画的，一个写散文的。听着登山街坊的这些闲谈议论，林墉自己都忍俊不禁。

秋川也是广州美院出身，油画系，素描、造型、色彩的功底扎实稳固。她有一幅人物肖像，十分精彩，端坐的扎头巾的女人，眼睑低垂，安静地看着身前膝下那只老旧的陶罐，意蕴既悠远又传神，让人不由得便进入了画境。

那时我还在潮州文联工作，我对秋川的父亲直言，这幅油画有俄罗斯列宾的风格，精妙细腻，太令人喜欢了，我要把它带到潮州的美术展览。他父亲沉吟了一下，应该是在思考，接着缓缓地说，还是不要，这是她的临摹作业，不要拔苗助长。

这是真正的关爱！

秋川的父亲是一位作家、书画家、篆刻家，多年以前，他写过一篇短文《秋川子》，真是一篇浸满亲情的美文：

秋夜。他踏着月色去喝酒，半醉而归，见妻子凸着毫不掩饰的大肚子冲着他问："该为小家伙起个什么名字呢？"时已立秋，窗外月色正好。他斜躺在床上经妻子这么一问，朦胧中忽地冒出了《庄子·秋水》篇的开篇两句来："秋水时至，百川灌河。"妻子说她从怀上小孩之日起，就想着那秋游川江时两岸的景色。他说那巧极了，孩子的名字就叫秋川吧，日后若是个女的，可称秋川子，如果是条汉子，就叫秋川太郎。妻子觉得有趣，孩子的名字就这么定了下来。

…………

秋川会画画，这毋庸置疑，后来，她回潮州，总是马不停蹄，义安路、开元寺、镇海楼、上水门、牌坊街、涵碧楼、岳伯亭,老街旧巷、城楼学宫,画了个遍。她用她的潮州话,表达她内心的欢欣:

"回到了潮州,日画夜画真快活。"

"义安路的老厝阁楼真好画。"

一天几乎十个钟头十二个钟头,她带着一只马扎、一个画板、一支炭笔,就在小巷深处、老街阁楼,画个不亦乐乎。

画完了骑楼、老厝,她又把炭笔转向了她的大伯、伯母。家里的模特就那么几个,她又走上了街头,贩夫走卒、路人阿姨,也请他们添列画屏。

我喜欢她这种不管不顾,只顺着自己的性子做事的执着。事业的成功,事业的精彩,不就是这样忘乎所以苦出来、拼出来的吗?!

秋川的诗文,也开始做得好起来。这是一个聪慧的、明敏的人更进一步的选择。画坛能画能写的前辈多着呢,林墉、黄永玉、吴冠中、丰子恺……一位位大家,如雷贯耳,又都是画文双栖。

秋川,也想把内心的炽热、内心的情绪、内心的感受、内心的悲欣,尽情地倾泻出来。有时候,感情、感觉、感慨、感触,是没办法用画笔表达出来的。文以载道,诗以言志,散文、新诗,这是与绘画不同的另一种思想、灵魂的表达。

秋川喜欢上了它。秋川又一头扎进去。

我曾经与秋川交流过很多次、切磋过很多次,剪裁、取舍、推敲、润色,秋川从善如流,立竿见影。文章不是无情物,文章须经百回改。文心贵直,文句可曲。秋川明白这个道理,她不像当下的一些年轻人，经不起磨砺，耐不住寂寞。她不厌其烦，听得进意见，一篇篇文章，反复修改、反复打磨，很快，她便破土而出，熠熠生辉。

很多编辑都喜欢这种性格、这种明理的写作者。

我在《韩江》编辑部的时候，就曾当过秋川的责编，后来者更有《韩江》的余史炎，《潮州日报》"百花台"副刊的舒小梅、张楚藩，《潮州文艺》的赵时进，《粤海散文》的东方莎莎、陈惠琼，《神州》《岭南文史》的陈小丹，还有《南方日报》《羊城晚报》《广东电视周报》副刊的几位主编、责编。

白驹过隙，时序更新，文心初照明月思，笔端流淌秋水词；笔阵战酣蚕食叶，文心磨洗铁沉沙；东风夜放花千树，雏凤清于老凤声。经过几年不断的磨砺，秋川以她的认真和真诚，以她的勤敏和耐性，以她的谦恭和不懈，赢得了很多读者的好评，也赢得了一个个报刊编辑的心。如今，秋川的第一个集子即将公开出版，作为她的第一个责编，我闻讯写几句感言，说说她写作的经历，说说对她的祝福，是为序。

2024 年元月 5 日于广州五山

黄国钦：中国作家协会会员、广东省作家协会主席团成员、广东秦牧创作研究会副会长，一级作家。

目 录

001 **辑一 散文**

003 我的大伯

008 奶奶的乡音

013 求医小记

018 家的默契

024 乡村婚礼

031 一个孩子的降生

037 牛牛快快长大

044 核酸检测见闻

050 烦嚣的交织

056 来清平路捞鱼仔返屋企啦！

062 好梦丽江

066 我的速写情结

069 留步瑞士卢塞恩

073 恬然水乡

077 印象连南瑶乡

082 藏在绿色里偷看秋天

088　让世界的精彩重回白鹅潭
093　我与龙猫的那些事儿
099　减肥轶事
108　聊聊国民小吃：茶叶蛋
112　一碗醇香娘酒，酿出客家情怀
116　葳特佳酿葡萄酒会

119　**辑二　随笔**
120　《指挥家》影评：
　　　一名女性孤注一掷的追梦豪情
126　意大利艺术家的中国情
133　人境结庐
143　赴春之约
149　记"德基金"第35期艺术支教活动
157　延伸的地平线
164　出走·归来
174　我们种植的是菜心，收获的是人生
179　大芬油画村：
　　　总有这么一群和梦想较劲的人
182　阳西极致美味指南
187　细数潮州食客的心头好
191　粤北天然美味给养站：清远

195　**辑三　诗歌**

197　寂然的沧桑

199　扎西德勒

201　西藏之魂

203　禅城的脉搏（组诗）

206　致属于我的那个你

210　**跋**

辑一　散文

潮州除夕年味浓·蔡秋川

我的大伯

在我心里,家乡潮州,是个人情味特别浓厚的地方。每当我心潮澎湃地踏上老家巷口那久违的石板路,第一个走上前来迎接我、二话不说就接过我肩上沉重行李的人,就是我的大伯。

大伯的家,是我每次回潮州小住的落脚点。我喜欢待在这里——因为在我眼里,大伯是个蛮有意思的人。他本本分分地在这座小城过着几乎一成不变的市井生活:每天骑车上市场买菜,和伯母一起做饭,招呼朋友上门喝茶,维持买彩票的习惯……在柴米油盐酱醋茶中经营生活,充满烟火气,使得他的一言一行洋溢着难以言说的"生趣"。

通俗地说,大伯是个"粗人"。无论是和市场菜贩讨价还价,还是在三五好友茶聚的场合表达观点,说话总是一惊一乍,音调无端地忽高忽低:高音节经常把人吓得不轻,让人以为一瞬间发生了什么意外;低音节则伴随着他骤然沉下来的面孔,使人疑心自己方才不慎冒犯了他。假如天上的飞鸟也能说人话，估计就是大伯这样的腔调吧？

大伯有几句口头禅——"我告诉你""我跟你说""你听我说""我们话得这么说"——实际上颠来倒去都是一个意思，他自己却从未察觉，总是频繁地轮番挂在嘴边。每当大伯自信满满地念叨这几句话时，他脸颊上的一颗大黑痣便会随面部肌肉而抖动，有一种戏剧性的滑稽感，常让我暗自觉得好笑。

无论严寒酷暑，每天晚饭后，只要时辰一到，大伯和伯母便心照不宣地围坐在一桌散乱的彩票报纸前埋头苦干：大伯用戒尺在本子上工整地画表格，一边仔细地听伯母报读数字，一边认真地填写——那种心无旁骛的高度专注，简直不亚于科研工作者作业时的状态——很快，客厅里便充斥着争论，聊得那叫一个热火朝天。

话说当年，大伯念到了高中毕业，有一段时间在工厂里做工人，后来不知怎的又混了个五金店的经理来当，稍许风光过一阵。然而，却因为超生又早早地下了岗，成了个潮州话所说的"无事人"。

虽说大伯赋闲在家，但每天勤俭操持家事之外，靠着人情练达，结识了不少厝头巷尾的街坊老友，闲时茶酒相敬、棋牌切磋，倒也自得其乐。

然而，毕竟曾经当过小经理，如今，大伯在家有时难免打打官腔，好平衡一下内心的波澜。依他的原话来说："我难不成还不知道这个社会？"

大伯对这个社会的"知道"，有一半得益于他喜欢看电视。只要一闲下来，他便舒舒服服地点上一根烟，不紧不慢地打开电视机，半眯着眼睛，斜躺在长椅上收看中央台。大伯对中美关系、海峡两岸等历史政治的内容很感兴趣。看完电视节目后，但凡碰见个略有点见识的、又说得上话的，大伯便忍不住打开话匣子。加上潮州人喜欢喝工夫茶时侃大山，更给了他吹牛的机会。他将电视新闻当作显摆的谈资，什么俄乌起风云、美国搞霸权……总之，如数家珍地畅谈家国天下事，让大伯着实过了一把口瘾，更让平凡的听众佩服得五体投地。

大伯是个不折不扣的夜猫子，每晚到了十一二点，他必然会准时嘴馋，若不及时地嚼点什么，心里就十二分地不痛快！而在吃夜宵方面，他几十年来未曾亏待过自己的胃。精力充沛时，他便骑上家里的旧摩托，直驱"岳伯亭"羊肉店斜对面的那家粉面铺子，买回一袋灌粿条。心满意足地回到家后，照旧把电风扇开到最大挡，一屁股坐下来，放开肚皮，"簌簌"地大口大口吃，享受着他一天下来最为舒坦的时光。

日复一日的夜宵在他胃肠里积攒成了结结实实的"将军肚"。偏偏大伯习惯了天气热时在家里光着膀子，大腹便便地晃来晃去。虽然在旁人看来，这多少有点不雅，但大伯却悠然自得得很——"男人有肚腩才有架势！"

"有架势"在潮州话里是"有派头"的意思。而我认为，一个男人最能体现其"有派头"的，就是他对家庭的责任与担当。十几年前，随着爷爷与世长辞，作为家中长子，大伯一家接过了照料奶奶的担子。多年来，事无巨细，亲力亲为，直至奶奶安详地度过93岁生日，寿终正寝。

为父母养老送终后，大伯眼看着自己的一双儿女相继成家立业，很是欣慰。然而，如今已到古稀之年的他，好像变得有点沉默了——是疲惫了吗？还是看透了太多纷繁世事呢？说不清。

我只看到，每逢初一十五、过年过节，大伯仍一如既往地依照潮州习俗烧香、供奉、"拜老爷"，祈求家族万事顺遂。尽管大伯的背似乎开始有点儿驼了，但无论岁月如何流逝，我的大伯——我的风趣、亲切的大伯，只要我回到老家，他永远会等在巷口向我挥手……

2022年9月27日，此文发表于《羊城晚报》"花地"副刊。

静静的晌午·蔡秋川

奶奶的乡音

我自小生于广州，父辈是土生土长的潮州人，母家却是地地道道的老广州。我如今能操上一口流利的潮州话，在广州的同龄人中是很稀罕的，这无形中也成了我的一份优势和骄傲：既增进了我与家乡潮州亲戚的亲情，也拉近了我与外头形形色色陌生老乡的关系。而这，归功于我幼年时受到潮州奶奶的影响。

两岁半时，父母忙于工作，总是处于分身乏术的状态。他们商量后，决定先把我托付到潮州寄养一段时间，由身子骨尚且硬朗的奶奶带，这一住就是大半年。我来到潮州，一开始因为刚离开父母不适应，哇哇大哭。奶奶抱着我千方百计也哄不住，便指着墙上泛黄老日历上的日期，一个个地念上边的数字。我完全听不懂她干瘪嘴中吐出的陌生乡音，一下子哭得更厉害了。

奶奶早晨习惯到附近的西湖公园遛遛弯——这是她每天雷打不动的固定节目。在那儿，她结识了很多岁数相近的老阿姨，她们总喜欢凑在公园长廊上聊天解闷——说的自然是潮州话。我就乖乖地坐在奶奶旁边，听着她们道张家长李家短的。久而久之，我渐渐熟悉了那么一些字眼，也理解了它们蕴含的意味："买咸"就是买菜，"钱葱"就是马蹄，"地豆"就是花生，"人客"就是客人……更奇的是，言谈中还掺杂着不少匪夷所思的士话和俚语："鸟嘴"就是八卦，"浪堵"就是生气，"恶雨"就是淋雨，"过脚事"就是过去了的事……这点点滴滴的认知，使我在这个小城里不至于完全"聋哑"，也从中领略了不少别样的乐趣。

春节前后，老家的四合院总会添上一两盆柑橘，奶奶没事就摘几个喂我。她剥开橘皮，把橘瓣的一角咬去一口吐掉，然后小心翼翼地沿着那一角撕开橘衣，露出内里金澄澄的饱满橘肉塞进我的小嘴里，一边擦拭着我嘴角溅出的橘汁，一边接我吐出的橘核，并用乡音念叨着什么。幼小的我，便坐在奶奶腿上，奶声奶气、一字一句地学着她说"吃橘子""橘皮""一粒核"……我努力地模仿着奶奶的腔调，尽管有时候跟不上，但起码在奶奶的乡音中渐渐适应了老家的生活。

记得当时家中有台老式电视机，虽然时常开着，但奶奶并听不懂电视剧的普通话配音，只能眼看着播放的画面，心里揣度剧情的意思，有时看着看着便在那呆呆地纳闷。现在想来，她多年下来，似乎只看懂了那么一部电视剧——《西游记》。原因很简单，《西游记》的剧情来来回回不外乎在唐僧西天取经路上，孙悟空一次又一次地打败妖精保护唐僧——这情节自然是很好理解的。那个年代的电视剧不像今天这般百花齐放，《西游记》总在各大频道翻来覆去地重播，奶奶便总是翻来覆去地重看，也总是看得津津有味。

除了看电视，奶奶还有一项娱乐节目——听广播。潮州地区的广播电台有的频率播放的是潮州话，通过小小的播音机，奶奶即使足不出户亦能知晓天下事。她很喜欢收听潮剧，尤其喜欢听一个叫作《梨园群英会》的广播节目。该节目分为两个环节：听众在线下唱，然后主持作点评。奶奶听着听着，会情不自禁地跟着哼上几句，此时房间里便回荡着低低的"落梅声凄泣～此冤何日昭啊～"，有种年月悠然的兴味。待到主持人评说时，奶奶又侧耳倾听，还兴致勃勃地跟一旁的我说道："你看，这主持人的嘴真晓说话，伶俐极了！"

我的奶奶淳朴本分，虽然没文化，但是很聪慧，年轻时靠绣花一针一线编织着一家人的生活，熬了大半辈子，最远也只到过广州。她出身贫苦，连小学都没念完，除了写自己的名字，没能认得几个大字。由于见识不多，一辈子便只懂听和说家乡话。若是出了潮汕地区，她靠自己断断无法正常生存。

语言并不是生活的全部元素，但若身处异地，缺了语言交流的能力，便变得寸步难行。在奶奶的乡音浸润中，大半年不知不觉地过去了，爸爸把我和奶奶接到了广州小住。离我家不远便是爸爸上班的电视台，再远一些，有个流花湖公园。

有一回，奶奶带我上那儿玩，兴许是公园太大，奶奶也是初来乍到，逛着逛着居然就迷了路，找不着家，只能拉着我到处瞎转。她只懂潮州话，无奈在广州大家说的不是普通话便是粤语。而我当时尚且幼小,迷迷糊糊地连话都讲不清楚,更是指望不上我来问路了。奶奶十分无助地左顾右盼,情急之下,上前拉着路上一个看上去慈眉善目的女人,结结巴巴、吞吞吐吐地用四分之三的潮州话和四分之一的普通话竭力地表达着她想表达的意思:"哎,那个,那个电视塔怎么走哇?"其实她是想说"电视台",我后来才知晓,潮州话里的"台"和普通话里的"塔"发音很相近。那女人不明就里,便热心地指向对面的山坡:"喏,电视塔。"奶奶一听,喜出望外,领着我就往女人所指的方向走。然而往电视塔的方向走了老半天,走得气喘吁吁,却越走越不对。到了山脚,发现错得更离谱了。

天色很快暗了下来。"这可怎么好?"奶奶彻底慌了神。路确乎是走不通了,我也饿了半天,哭着嚷着要回家,一切都乱了套,奶奶急得直跺脚。直到过了漫长的一刻钟,偶然路过的保安把我们孙儿俩带到了值班室。不久后,爸爸闻讯而来,我们才得以回到家中。那天晚上,奶奶面露愧色,连饭都吃不香。或许在她心里,一口浓重的乡音第一次为自己带来这么大的尴尬。

随着墙上的日历纸一页页被撕掉,我也渐渐长大。有那么一天,我在翻阅童话绘本时,突然心血来潮,对身边的奶奶说:"奶奶,我教你念普通话吧。"当时六十多岁的奶奶憨憨地笑着:"奶奶这个岁数,都快死的人了,还学什么普通话。"我便作罢了。后来,奶奶还是福寿高,活到了九十多岁的高龄。如今想来,若是当年奶奶愿意跟我学,哪怕是一天就学一个词儿,兴许也能把普通话说个滚瓜烂熟了。

人啊,总有叶落归根的时候。我至今清晰地记得,奶奶在弥留之际,用那嘶哑的乡音含糊不清地絮叨着我的名字:"秋川啊……你拿几个钱去给秋川买个肠粉吧。"

顷刻间,我不禁泪如雨下,多少年来与奶奶相处的一幕幕历历在目。这是多么熟悉的乡音,饱含着多么血浓于水的祖孙情!直到奶奶入土为安,我在墓前祭拜时,才猛然觉起——此时我心里默念着的对奶奶的万般牵念之词,竟也用的是奶奶最初启蒙了我、也必将相伴我一生的熟悉的潮州乡音!

2022年8月23日,此文发表于《羊城晚报》"花地"副刊;2022年10月11日,发表于《潮州文艺》第171期;2023年2月10日,发表于《潮州日报》"百花台"副刊。

求医小记

俗话说：人吃五谷杂粮，哪有不生病的？生病就得就医。对于医生行医而言，小错则贻误病情，大谬则攸关性命；而对于百姓来说，求医问诊这回事也是一门依仗"经验之谈"的学问。我笃信，如果某位医生不但回回挂号额满，还有不少人要求加挂，那么其治病想必有两把刷子。近日发现颈部淋巴结节的我，再三思虑，慕名挂了一位高年资的肿瘤科主任医师的专家号。

医院里可真热闹！一大早，医生还没到，走廊上已经熙熙攘攘：有的在挂门诊号，有的在挂葡萄糖水，处处充斥着嘈杂的脚步声和交谈声。来自五湖四海的求医者们在诊室门前等待叫号就诊，刚到时，往往是目光殷切，等候时间长了，神情也就渐渐漠然，直到脾气快要被消磨殆尽，一句废话都不想多说了。

也不记得过了多久，好不容易听到系统呼叫我的名字，不免一阵激动。推开诊室门，映入眼帘的老医生看起来年近七旬，两鬓斑白,尽管黑框的旧式老花镜歪歪扭扭地架在鼻翼两侧,却难掩精神矍铄,一双深邃而温润的眸子透着祥和、淡定。见我进来,他挺直腰杆,清了清嗓子:"你哪里不舒服?"我一一如实相告。他耐心听罢,伸出他那枯瘦的手,搭在我左侧脖颈上稳当地按捏几下子,随即稍稍扬起下巴,拖长腔调"嗯"了一声,又点了点头:"这里的确长有结节。你先这样吧……"于是乎,为了进一步排查症结所在,我屁股尚未焐热凳子,便按照老医院的老医生的老规矩办事:开单、缴费、拍片,"三件套"一样不落。按流程在医院各楼层上蹿下跳般检查过一轮后,回头老医生将我拍好的X光片接过去,在灯箱前抖了抖,双眼从他厚重的老花眼镜上方聚精会神凝视着影像,两道眉毛拧成浅浅的疙瘩,口中似乎在低声呢喃着什么。我在一旁正闲着,遂忍不住暗自琢磨起老医生细微的表情变化,内心加以各种揣测,忧心忡忡;好在不多时,老医生眼睛一亮,眉心变戏法般舒展开来,大概心中已有了一定的判断。"你,不必担心。"随即,他凑过身来,指着片子上的影像,不疾不徐地向我缓缓道来:"现在看来,你的声带状况是很好的,只不过,可能是你之前的咳嗽症状拖了太久,导致了慢性咽喉炎;这炎症嘛,又导致了颈部长淋巴结节。问题不大,我给你开点药,吃完,包好!"老医生始终信心满满。

没想到,老医生始料未及的"滑铁卢"偏偏出在行医多年驾轻就熟的"开点药"上。凡是到过三甲医院求医的人都知道,医生行使处方权时,必须通过电脑操作输入药方编号,医院药房系统才能开出药品来。一开始,老医生专注地用双手食指一个键、一个键地敲击键盘,刚输入三两个字母,又立马删去;沉吟片刻,似乎瞬间灵光乍现,噼里啪啦打出了一行字,结果经不起一时半会儿斟酌,再次删去……几番拼尽全力,也没能顺利操控开方系统这玄乎的玩意儿。只见他头发稀疏的脑袋朝电脑屏幕越埋越深,额角上的汗珠也不觉一颗颗冒了出来。

诊室墙上钟表的分针一圈又一圈地与时针交错,秒针每一声的"嘀嗒"作响都愈发不合时宜地催生老医生焦虑的情绪。渐渐地,他面子上开始有点挂不住了,三番五次地向我解释,上个星期医院统一更新了电脑开药方的编号输入系统,自己一时尚未适应过来,同时还因为"耽误了我的时间"而频频向我表示歉意,流露出十足的难堪。说实话,我对此丝毫没有感到不耐烦,然而,老医生至此已无法继续强作镇静了。身为医疗一线的行家里手,他精湛的医术有目共睹,奈何受困于高龄之躯,跟不上时代更迭的步伐;他也深知医院里从来不乏思维敏捷、精力充沛的年轻同僚,能解燃眉之急。于是,老医生知进退地暗暗下定了决心,先是扶了扶直往下掉的老花眼镜,再是看清了桌面台历上字迹潦草的电话号码,果断地拨了过去。

电话很快拨通了。还不到半分钟的时间,同科室一名小年轻迅速夺门而入,熟练地在电脑键盘上操作一番,三下五除二,老医生眼里棘手的事情立马就结了。临了,小年轻还不忘殷勤地向老医生"主动请缨":"下回老师您出门诊,我来帮忙打药方!"老医生闻之，顿时笑逐颜开。

待我拿着方子正欲离开时，老医生心情大好地朝我莞尔一笑："慢走，欢迎下次再来！"

……

还好，一个月后，我的淋巴结节痊愈了。

2023年8月1日，此文发表于《南方日报》"海风"副刊。

此文被用作广西壮族自治区梧州市岑溪市2023—2024学年八年级上学期期末语文试题的范文分析。

潮州老厝・蔡秋川

家的默契

开门见山地说,我家祖孙三代共六口人。上有年过耄耋的一对老人,中间夹着退休不久的父母,下面则是尚未婚嫁的我和弟弟。若要论咱这一家子的默契,大可从日常出门的"阵仗"开始说起。

父亲,是当过领导、见过世面的,走起路来自带一股雷厉风行的气势;弟弟风华正茂,迈起步来自信、阳光。一路上,父子俩常常并肩走在最前头,大步流星,仿佛脚下踩了风火轮,不觉间将后头的家人甩得远远的——走这么快干吗呢?

父亲自有父亲的心事。年近古稀的他常调侃称自己"不敢老":毕竟身为女儿的我刚步上事业的正轨,弟弟还在"象牙塔"潜心攻读学位。父亲好歹是从沟沟坎坎一路摸爬滚打走到今天的"过来人",阅历丰富,颇懂得这社会明处、暗处的方方面面。平时虽忙,可哪怕只是单纯地走在路上,他也总趁着与我们姐弟俩交流的机会,展开话题,进而加以启发,恨不得将自己大半辈子为人处世的经验都灌输给一双子女，只为及早丰满我们日后展翅飞翔的羽翼。

落在行走队伍后头的外公，自从多年前不慎摔了一跤，伤及筋骨，腿脚一直不太灵便。在家人陪同下出门时，但凡遇着高高低低的楼阶、起起伏伏的斜坡、坑坑洼洼的泥地，母亲总会和外婆左右各一边搀着外公，一步一顿地低声念叨着哪里高、哪里低、哪里上阶、哪里下坎，一百个不放心。可也正是这份不放心背后的贴心，支撑着渐渐年迈的外公，稳稳当当地走过了一个又一个年头。

而我呢，往往在"大部队"愈发"脱节"的当儿，肩负起"拉拢"前后两拨人的任务：首先，我得喊停前边疾走如飞的父亲和弟弟，三人一同驻足等候外公一行人赶上前来，然后大伙儿继续行进；没过多久，队伍再次"走样"，我便又忙前忙后地调度个没完……就这样，走走等等，等等再走走，却谁都不慌不急，体现了一个默契十足的家庭始终"走不散"的松弛。

再聊聊一家子吃鱼这点事儿吧。每当父亲习惯性地站起身来给家人分鱼时，必会率先把鱼头鱼尾夹入外公的碗里，还会伴着一句"来，爸喜欢吃鱼头鱼尾！有头有尾！""有头有尾"在广府文化中，寓意着圆满、喜庆。每回听见父亲夹鱼头鱼尾时那句"有头有尾"，外公脸上总洋溢着笑意，从未流露过丝毫不情愿。就这么着，多年来，不管是在家中吃家常便饭，还是逢年过节举家外出"吃大餐"，鱼头和鱼尾总是理所当然地由外公"包揽"。

倒是我，从前在杂志上的一篇"鸡汤"式文章中，看到这么一个类似情节：一对老夫妻，相濡以沫大半生，老爷爷晓得老奶奶身子孱弱，饭桌上凡是有鱼，总对老伴说自己喜欢吃鱼头，于是老奶奶便乐呵呵地把鱼头"让"给老爷爷，自个儿心安理得地吃起了鱼肉，老夫妻之间这个所谓的"默契"也就持续了一辈子。我看罢，不觉心生联想，当时只是把这个小小的疑惑埋在心底……直到前阵子，我和父亲单独吃饭，当我夹起一块鱼肉时，无意中提道："爸爸，外公说自己爱吃鱼头鱼尾，事实上他是不是想着把鱼肉都让给我们年轻的吃呀？"父亲闻言，若有所思，在短暂地沉默了几秒钟后，突然爆发出爽朗的笑声来："哈哈，这还真不知道呢！"

前些年，弟弟远赴北方读大学，当时我们的父母尚且在职，而且两人都当着不大不小的官儿，每天在单位里忙得够呛，下了班也是应酬缠身。儿行千里，心中虽有落差，但这份失落远不及将我弟弟从小拉扯大的外公外婆。工作日里，父母一出门，一对老人面对偌大的空屋子，大眼瞪小眼，一天下来说不上几句话，尽管家中吃穿用度啥都不缺。

日子长了，外婆便尝试另找乐子。为了多欣赏沿途风景，她经常绕远路去越秀区市场买菜；后来不知怎的，居然自个儿绕到了越秀公园去，和一众年龄相仿的老太太拉起了家常；一来二去，彼此就熟络起来了。言语间，外婆得知她们频频组织集体旅游活动，到处玩儿，乐呵极了！

夕阳无限好。身子骨尚且硬朗的外婆，在我母亲的鼓励下大胆走出家门，和这帮结识于公园的姐妹们组团，一起体验了不同地域的美景美食、风土人情，大大开阔了眼界。回来后，总忍不住兴高采烈地向亲友描述她的精彩见闻，特别是提及自己在迪拜的沙漠上玩"冲沙"这档趣事时，快活得几近手舞足蹈；每回提起，似乎都会增添上一两句新鲜感受，敢情这段难忘的经历成天在她心窝子里酝酿、发酵着；末了，外婆还不忘眉飞色舞地补上一句"重中之重"："我跟团去一趟迪拜，玩了整整四天，也才花了不到四千块钱团费！"——能给家里省钱，外婆心里踏实。

因腿脚不利索"留守"家中的外公，生活倒是很有节律，习惯早睡早起，于是负责做一大家子的早餐。为营养考虑，每人每天早上吃个鸡蛋是必须的。若蒸鸡蛋呢，只消将鸡蛋放在托盘上，插上电，便可定时蒸熟，操作简单方便，省时省力；可出身潮汕的父亲，偏偏钟情于菜脯煎蛋，这下子，外公便需额外多花费一些工夫。

煎个蛋，对于早年身体康健的外公来说，本是不碍事的。后来，外公到了容易忘事的年纪，煎蛋不时会出点小差错：不是用错了油，便是煎煳了蛋。为了减轻外公的劳动难度，父亲撒了个善意的谎言，称自己近来转变了口味，也喜欢上了吃蒸鸡蛋。深信不疑的外公便不再煎蛋了。再后来，外公竟日渐生疏至完全忘却如何煎蛋了……

母亲发觉这个变化后，关起门来"训"了父亲一顿，责怪父亲此举无形中使得外公的行动能力退化了；父亲则哂笑着"驳"了母亲一番，不满母亲老盯着些微不足道的细节来说事："只要老人家过得舒心，管它是蒸蛋还是煎蛋！"

我的父母终究是通达、包容且懂得爱的含义的，"鸡蛋风波"在双方的"各退一步"中很快便过去了。老话说得好："外面有搂财的耙子，家里有装财的匣子。"人到中年的夫妻俩，作为家庭的主心骨，扮演着各种属性的角色，唯有共同面对不可分割的未来，才能维系好一个上有老、下有小的和美之家。而这份默契从哪来呢？很大程度上依仗他们对"家"的用心操持与经营。

父母之间的相处切实平淡，似细水长流。当然，母亲会对父亲成天有接听不完的电话颇有微词，父亲也会对母亲睡前有折腾不完的护肤保养加以调侃。可私下里，两人凡事有商有量，即便有时不说话，也不会感到不自在。他们彼此在承担家庭责任的终身成长之路上，相得益彰。

我想，一个"家"里头真正的默契，大抵如此。

义安路的猫·蔡秋川

乡村婚礼

　　女孩到了二十刚出头，在阿莹那偏远的乡村已是应该结婚的年龄了。

　　早在几年前，阿莹初中毕业后，和她们村里那些在清贫面前无能为力的辍学姑娘们一样，怀揣着父老乡亲贫瘠的盼想和懵懂的淘金梦，登上了南下的列车，贸然跻身于陌生的、物欲横流的大城市。从零开始，凭着诚实的劳动，小心翼翼地努力尝试在一片灯红酒绿中站稳脚跟，整天细细盘算着能否再从牙缝里多挤出两三百块钱来帮补家用。

　　而我，作为一个有着城市户口，不愁吃穿，接受良好高等教育的女大学生，旁观这种似乎没有什么盼头的拧巴日子，大概也只有怜悯背后那衷心的祝福了。因此，当我略感意外地收到好友阿莹的婚礼邀请后，便提前一天搭上大巴，驶向她那偏远的乡村了。

　　一路上，我是对这人世间最庄重的仪式心怀期待的。毕竟，婚礼是生命乐章的高音符，哪怕再味如嚼蜡的贫苦生活，也能被赋予一段动人心弦的高潮。试想，哪部小说、戏曲一描述到此等喜事不是大肆渲染得跌宕起伏？我扫视着车窗外飞驰而去的成片小雏菊，那顽强无比的卑微生命尽管注定终身扎根于荒郊，但在最美的年华里，谁又能剥夺它们身披一袭艳阳，漫山遍野地舒展于和风中的权利呢？我脑海中不禁浮现出幕幕幻影：阿莹挣脱不公的宿命，像公主般光彩夺目地手挽一生挚爱，在玫瑰的笼罩下徐徐迈向光波跃动的海色云天，最后消融于甘醇的幸福中……

直到两小时后，大巴颠颠簸簸地被泥泞的小路引至阿莹娘家前，寂静中一阵犬吠才使我回过神来。下了车，那破旧的铁门栅"吱呀"一声打开，里头迎出一个佝偻着背的中年妇女，她一边哈腰问好，一边双手略显不安地在围裙上反绞，脸上绽出纯朴的笑靥——这是阿莹的母亲。她把我请进里屋，亲热地招呼我趁热吃饭，并大声吆喝楼上的阿莹赶紧下来"见人"。

趁着这当儿，我环顾四周——这是典型的农家，房子勉强可算两层半（第三层还在铺水泥），由于经济拮据和品位不高，尽管廉价的几件家具七拼八凑，屋里还是显得空落落的。除却破旧的门楣上张贴的惹眼的大红"囍"字，周遭一切远未能兑现我的设想。而阿莹的五个胞姐弟正跷着二郎腿在饭厅里唾沫横飞地嗑瓜子；灶房里，阿莹父亲热火朝天地张罗着饭菜，演奏着锅碗瓢盆的交响曲。很快，大家稍稍寒暄后，就围坐在一桌共饭了。阿莹仍旧像一年前我见她时那么勤快，频频把菜往我碗里夹，口中念叨着我一路辛苦了；阿莹父亲则有一搭没一搭地扯着荤段子，时不时夹杂着粗俗的土话，骂着对面嫌菜炒黄了的子女。说实话，这顿饭菜烹调得着实不敢恭维，但不知怎的，却能嚼出一种难以言喻的别样温情——人情味。

当晚，我和阿莹以及两三个姐妹挨个洗完澡后，围坐在简陋的炕床上闲聊。毕竟是阿莹最后一个单身之夜，该是闺蜜间打打闹闹，说上些贴心的体己话的。但她们倒平静得很，只是寡淡地打发着这一如往常的时光。

我在略微扫兴中，确乎隐约地感悟到：相比起在快节奏中步履匆匆的城市人，眼前这些乡下人的生活常态或许更趋向于道家"无为"的主张，更合乎大道。这种细水长流的状态有如方才饭桌上的粗茶淡饭，它或许难以调动较强烈的感官刺激来满足不息的意欲，但当别无选择地沉下心来细嚼慢咽后，又怎能否认这不是最本质、最真实的烟火人间呢？

从这几个乡下女孩断续的交谈中，我能一窥其朴素的理解力和世界观。由于普遍受教育程度不高，她们自然而然地把人生定型为一个乏味冗长的流程，将一切的一切皆视作必须恪守的理所当然，于是对于结婚一事的淡然也就不足为奇了。

次日，正是阿莹出嫁的大喜日子。天还蒙蒙亮，当我从睡梦中被后院传来的宰鸡声惊醒时，雇来化新娘妆的老妈子已赶到了。待嫁的阿莹端坐在闺房的梳妆镜前，凝神闭目，任那沾了脂粉的化妆笔在腮颊上快活地揉作一团含苞待放的昙花。哪怕明知这一朝盛放后，生活仍然会回到日夜疲于生计的轨道上，但此刻阿莹嘴角轻扬起的那抹不易察觉的含羞浅笑，仍使我心中宽慰不少——至少她是快乐的。待妆毕，天已大亮。村里的乡亲们陆续前来道贺——他们世代都是老实巴交的务农人，多是一辈子苦守几亩薄田，显得有点木讷，不懂表情达意，只是在邻里办红事时来露个面，示个意，好符合约定俗成的礼节。

不一会儿，屋里的饭厅便挤满了人，他们围坐在那儿，各自捧着小碗，狼吞虎咽地把寓意吉祥的汤圆往嘴里填；阿莹的父母则手脚利索地四处向客人派发红包，略表心意。自家姐妹也在一旁抹凳煮茶，人气颇旺。

此时，阿莹正在外婆喋喋不休的催促下，遵照村里传统的婚庆习俗——出嫁前最后一次在娘家沐浴更衣，以便待会儿"清白干净"地入夫家的门。只听阿莹外婆"咚咚咚"地走到浴室门前，似是委屈着又嫁走了一个宝贝孙女，苦于无处发泄，只得聒噪地高声嚷嚷着"哎呀，都快出门（出嫁）的人啦，还在那儿磨磨唧唧地不赶紧"一类的话，分外引人注目。

嘈杂中，我愣在一旁有点不知所措，于是信步在院舍外闲逛。啊，时值初冬，阳光竟如此和煦，像是恋人的手在脸颊上轻柔地摩挲，使我心醉神迷。放眼望去，横七竖八的田埂在我眼中织成一张庞大的网，田里的稻麦早割完了，苍白的泥土袒露着体态，等待来年早春与农夫的锄犁接吻，再度孕育生机。

眼前所见相较于城市的喧嚣，我一时间感触良多。其实，人的一生无论以何种面目出现，归根到底仍是同一样的人生；不管是在王宫抑或茅棚度过，只要以无比的谦卑，心存感恩地笑纳命运或丰厚或吝啬的馈赠，那么，最终你会发现，千差万别的际遇是无碍于生命匀称的调子和戏剧性的统一的。我原本一厢情愿地怜悯阿莹，认为造化甚至使她无法在大喜之日拥有一个奢华隆重的婚礼，但此刻我为阿莹内心的平和所动容，正如作家席慕蓉所言：幸福有时候只是一种单纯的感觉。

我释然了，快步走回屋里。此时，阿莹已出浴，穿上了婚纱，面带娇羞地在姐妹的陪伴下端详着镜中自己的容貌。她身上带有一种新鲜的粗俗的喜悦，却又竭力不流露出过度的欢欣鼓舞，只是期待着什么。

忽然间，后院噼里啪啦传来排山倒海般的爆竹声——夫家驾车来迎娶新娘了！屋里一阵躁动，姐妹们顿时兴奋溢于言表。婚礼的压轴环节"抢新娘"开始了。她们哄笑着把阿莹"藏"进闺房，然后一窝蜂地堵在已锁好的铁门栅后，纷纷伸出手去，漫天开价地向屋外新郎的伴郎们索要开门红包；门外的他们也不甘示弱，掏出早有准备的礼花筒朝屋内的女眷乱喷一气，欢笑着大声"胁迫"我们快把新娘交出来；而屋外西装革履的新郎手捧鲜花，焦急地频频往屋里探头张望，恨不得早一秒接到此刻同样忐忑的新娘子。

新人双方的朋友肆无忌惮地嬉闹了半天后，在长辈的一再敦促下，生怕误了"吉时"，方才同意把新娘从闺房请出。见到阿莹身披嫁衣在伴娘搀扶下出现，新郎凑上前"扑通"一声双膝跪下，忙不迭地从礼服口袋中掏出一对婚戒，仰视阿莹，紧张得有点语无伦次。阿莹佯嗔道："哪有这样跪的，拜祖宗啊？"大伙儿顿时乐了，纷纷指导尴尬的新郎"要单膝跪"。一番折腾之下，这对新人总算深情脉脉地把婚戒套进了对方的无名指，也牢牢地套住了郑重的承诺。

紧接着，亲友们簇拥着一对新人，在震耳欲聋的鞭炮声中缓缓走到巷头。这短短的一段路程中，阿莹手挽新郎，眼里闪着百感交集的泪花，始终不忍回望生育她的娘家老屋。直至这对新婚伉俪钻进迎娶的婚车，最终疾驰而去，屋外频频挥手的阿莹母亲才轻叹一口气，伴着莫名的牵念，转身默默掩上了贴有"囍"字的铁门栅。

日子，又归于平淡，仿佛湖面泛开的涟漪，悄无声息……

如今，离那场乡村婚礼已有一年了。我依旧在大城市追逐我的梦想。偶尔，透过窗外看见闹市绚丽的霓虹灯，我心底会涌现出当日参加阿莹婚礼的一幕幕，那些印象和眼前的纷繁逐渐整合成一个真实可触的统一体——生活。是的，人生在世，无论活得轰轰烈烈抑或波澜不惊，只要能内心平和地各安天命，各行其是，那么，你的灵魂便是丰盈的，一切无关世俗。

而我始终铭记托尔斯泰的名言："有生活的时候就有幸福！"

2014年，此文入编散文集《粤海来风》一书，此书由广东省作家协会散文创作委员会主编，花城出版社2014年11月出版。

老柏下的古城一隅·蔡秋川

一个孩子的降生

"要生了没？噢，好好，要是肚子痛了，记得赶紧打我电话啊！"这是近些天来我耳朵听得起了茧的话——随着儿媳妇的预产期临近，肚皮却迟迟未有动静，日夜猴急抱孙儿的黄姨变得愈发神经过敏，心里急痒痒地闹得慌，把自个儿折腾成了活脱脱的祥林嫂，每每与街坊邻里打照面，一来二去，总能把话锋转到儿媳妇的肚皮上。

盼了又盼，就在前天清晨，鸡尚未啼早，家中突然一阵喧闹，"羊水破了？行行，就来啊！"黄姨匆忙挂上电话，手脚麻利地捎上老早为儿媳妇拾掇齐备的待产包，兴冲冲地赶赴医院。夺门而出之际，还不忘发语音叮嘱陪产的儿子：到小卖部买几板巧克力和红牛功能饮料，好给儿媳妇补充点体力，生产时多少能添把劲儿——对于穷苦乡下出身的黄姨而言，天晓得这是她从哪打听来的时髦经验。

自打白天出门去了医院，黄姨杳无音信大半天。直到傍晚，一句"母子平安，7斤8两"燃爆了她的微信朋友圈。一时间，"黄姨抱孙子"的喜讯就这样在四里八乡传开了。久候产房外而暂不得入内探视的黄姨徘徊在医院走廊，不禁心潮澎湃。举目望向窗外，那天夕照的红霞仿佛比任何时候都要明艳绚丽，在她看来，这大概就是造物主对自己绽开了笑靥而泛起的红晕吧……

这些天，黄姨明显起得比以往更早了，她要赶在菜市场刚开早市的当儿，挑选到最新鲜的猪肚和老母鸡。下班后，她两手各提一袋新鲜肉菜，"咚咚咚"地径直蹬上儿子几层楼高的家中，一入门就忙忙碌碌地张罗开来。她变着法子炖营养汤，亲自送去医院，为产后的儿媳妇滋补身子。

值得一提的是，平日里恨不得把一分钱掰成两分花，甚至连熬过两次的瘦肉渣都嚼到味尽汁竭才倒掉的黄姨，向来是断然不舍得将猪肚和鸡这样的贵价肉列入自己的食谱的，但对于哺乳期中儿媳妇的伙食，她却是出奇地毫不吝啬。

在全家人的殷殷期盼下，两天后，儿媳妇终于怀抱着褪褓中的孩子出院了。这个孩子的到来，使家里洋溢着前所未有的喜庆气氛。黄姨迫不及待地想和孙儿亲近，常常忍不住从儿媳妇怀里接过孙儿来哄乐。有时看他睡得又香又沉，光洁的小脸蛋恍若一朵绽放的百合花，一时心生爱怜，不由得用手轻轻捏了捏孩子的小耳垂，这下可不小心把他弄醒了。只见这小祖宗满脸涨得通红，眉头微微皱着，貌似快要啼哭，瞬间吓得众人心惊肉跳！然而，不出几秒钟，他就又眯起眼继续酣眠。那憨态可掬的模样当真娇俏极了，惹得黄姨愈加疼爱，欲罢不能。

这孩子的确是位小活神仙，能给予全家人一切啼笑爱怒的经验：哪怕他只是无意识地微微一笑，大家的心情便都跟着明朗；他哇哇大哭，大家又瞬间急成了热锅上的蚂蚁；但凡孩子稍有不适，措手不及的新手爸妈只能把求助的目光齐齐投注在黄姨身上。而含辛茹苦拉扯大了一双儿女的黄姨，对带孩子可谓驾轻就熟，她以十足"过来人"的权威身份，向初为人母的儿媳妇不厌其烦地传授育儿经：以洗奶瓶、泵奶、热奶、洗澡、换尿布等一系列操作为主要内容，上下五千年般详尽梳理下来，以至于手把手教导到位，方才自觉尽到了百分百的责任。

有人说："世上没有任何华丽的语言可以形容孩子的重要性，但确是孩子让家庭有了尘世烟火味。"可以说，孩子是使家成为"家"的根据，仿佛至此，"家"才有了自身的实质和事业。诚然，自从孩子在家中扎下根后，这个素日里清净的家庭平添了源源不断的生机与活力。试想象这么一个画面——屋子里有摇篮，摇篮里有孩子——心坎里多么踏实！

初启的新生活乐章包含着孩子不定时的哭闹声，自然也夹杂茶盐酱醋前、锅碗瓢盆间的争吵声，然而，更多的是家人谈论到孩子时一屋子的欢声笑语。短短几天工夫，嗑瓜子闲聊时的常规话题，便从肥皂剧剧情、市场菜价顺理成章地转移到了孩子长得更像谁、面相多么有福气上面去了。

无疑，新生儿能勾起合家牵肠挂肚的爱，以及对于未来的无限希冀。无论日复一日外出打工的日子多么艰辛，想到眼前这个将来会说会笑的小娃娃在一天天长大，长大后还指不定能有大出息，有大出息了还能孝顺自己……这么一桩套一桩地展望着大好的未来，黄姨便不觉舒心地笑了。

很快，面临着孩子即将上户口，家里的事儿又多了一茬——给孩子起名。黄姨的儿子久久犹豫不决，虽说把字典边角都翻得起了毛，耗了多日仍没个说法。黄姨这个当奶奶的倒是急了一把"太监之急"，成天唠叨儿子赶紧想、绞尽脑汁地想！后来，眼看指望不上儿子，仅有初中文化水平的黄姨遂硬着头皮找到一个相熟的大学生帮忙出点子。这大学生倒是用不着翻字典，神乎其神地在网页搜索栏上输入"杨姓男宝宝起名"几个字眼，一按回车键，页面便铺天盖地显现出百来个像模像样的名字。

黄姨顿时看花了眼，一脸茫然，于是请大学生支支招。大学生把几个看来"还行"的名字输入搜索栏，又点进了一个算命的网站，然后根据输入的那些个宝宝名字，向黄姨解读其对应的"人生运程"。人世间的诸般事情不可能十全十美，同样的，不是事业不振则是家庭不和的所谓"人生运程"亦如是。黄姨愣是听了半天，考量再三。然而到了最后，她一个名字都没敲定——她太爱这个孙儿了，生怕自己一时的不慎抉择会对他的命数造成任何不良影响。

无论如何，这一天天的日子过得平凡而充实。新生的孙儿使得黄姨终日神采飞扬，儿媳妇坐月子期间，她坚持一天两趟地挤着沙丁鱼罐头般拥堵的公车回到儿子家，悉心伺候月子中的儿媳妇、照拂孙儿，心甘情愿地领略这份有滋有味的操劳。尽管身躯难免疲惫，但她的内心却始终充盈着实实在在的巨大喜悦——家里喜添了一个鲜活的小生命。在黄姨看来，这是爱的延续、希望的化身，更是自先夫十几年前不幸早逝后，自己一直辛苦操持着这个残缺的家至今，冥冥中能告慰先夫的一份最美好的礼物！

　　我时常想，造物主并不总是和颜悦色地善待每个人，但是你完全可以像黄姨那样，尽管日夜为生计所累，仍然热情诚恳地拥抱生活、付出爱心地细致经营家庭。而这样一步一个脚印地踏实过日子的人，早晚会得到造物主无价的馈赠——不信？请去看看黄姨怀中那个水灵灵的小孩儿！

2023年2月25日，此文发表于《潮州日报》。

民宿风情·蔡秋川

牛牛快快长大

"时间是让人猝不及防的东西"——世人似乎惯用这句耳熟能详的流行歌词来形容小孩"一眨眼就长这么大了"的可喜现象,可只有当了妈的人才能真正体会到,那是熬过无数个睡意蒙眬的不眠之夜换来的。

牛年诞生的小牛牛,自打出世起,就被我认作干儿子。尽管不是正经八百的血亲骨肉,但我与他的亲妈可是实打实的好闺蜜。这些年不间断的往来,使我耳闻目睹了她身为全职妈妈养育牛牛的不易。每天清晨一睁眼,她的头等大事就是迫切地查看身旁牛牛的睡眠状态,见他安然如故,才长舒一口气;随后,她便一如既往地周旋于各种烦琐的家务事中,并且时刻警觉地留意孩子的一举一动,从早到晚忙得焦头烂额、身心俱疲,几乎忘了自己是谁。但也正是在这一天天的忙碌、一月月的期盼、一年年的守望中,牛牛两岁半了,不经意间长成了开朗、阳光的小男子汉。

家里卧室床底的隐蔽处,搁置着一台蒙尘的电子体重秤,也不晓得牛牛是怎么发现的,玩兴大发时,他竟俯身趴地,将其拖出来充当玩具,在上面乐不可支地双腿并跳着嬉戏。牛牛妈见状,急得立马扔下厨房的湿抹布,三步并作两步奔上前来,从背后将他一把拦腰抱走,厉声呵斥着揍他的小屁股,牛牛尖声喊叫:"妈妈打人要赔钱!""妈妈没钱,让你爸爸赔!"牛牛妈没好气地说道。趁着这鸡飞狗跳的当儿,牛牛妈顺便瞄了一眼电子秤上显示的体重数值——哟!好家伙,22斤,相当于两袋大米的重量了,到底是自己一口一口奶、一勺一勺饭喂养大的娃!成天囿于家务活的牛牛妈精神为之陡然一振,一股强烈的成就感油然而生。

正是这个两袋米重的小屁孩,论调皮捣蛋,数他第一名。平日里,每逢家里洗衣服,他必然兴冲冲奔向阳台,幼小的身躯紧贴着洗衣机,以感受机身运作的振动节律为乐趣。当他瞅到不远处的牛牛妈对此早已见怪不怪,懒得搭理自己时,一时心生失望,于是发出怪叫仿效起洗衣机脱水时"轰隆隆"的声响,想要博得关注。搞卫生的扫地机器人偶尔被牛牛妈"放"出来清理客厅地板时,他也会淘气地上前踩上两脚,心中好不得意。更甚的是,牛牛天性喜欢模仿,你一旦跟他混熟了,很可能会出现你说啥他说啥,你做啥他做啥的窘境;无奈说他又不听,打又打不得,真把大人气得够呛。

但是,撇开旁的不说,牛牛确实是个心思活络的小机灵鬼,早早就展现出超乎同龄人的擅长察言观色的禀赋。见你高兴,他便任性作怪;你不高兴了,他便会收敛许多。大人的性格是强势还是弱势,是守原则还是墙头草,牛牛都大致估摸得准。日常生活中凡哪些事可以得寸进尺,哪些方面不能耍脾气,他心中自有一杆秤,可谓"收放自如"。凭着这点过人的优势,牛牛即使在家不听话惹父母生气,或是在外调皮闯点小祸,也让人不忍大发雷霆地惩罚他。说来也怪,小小年纪的牛牛已颇懂得"看人下菜",当意识到大人这回是动真格地发火了,惯会"见机行事"的他委屈巴巴直掉泪,察觉到妈妈心疼了,他又瞬间雨过天晴,变回不哭不闹招人爱的小乖乖。

寻常日子里,明明也没发生什么特别的喜事,牛牛却整天开心果似的乐呵呵,逢人就笑;大人见状,也不禁跟着牛牛一块儿高兴——毕竟看着多喜庆呀,总比颓着脸好吧?

牛牛是个活泼好动的乐天派,每天除去睡觉时间,几乎一刻钟都不得消停。每每到了饭点,他总是在前头横冲直撞地一溜小跑,可怜牛牛妈端着碗在后头气喘吁吁地追着喂饭。但凡带他到户外玩耍,那可是处处提心吊胆,既怕他一不小心磕着碰着,又怕他这个"自来熟"的性子到时跟陌生人跑了还笑嘻嘻的。

前不久,我过生日,想着干儿子牛牛爱凑热闹,宴会邀请名单自然少不了他和牛牛妈。牛牛妈为了培养牛牛礼貌待人的品德,提前反复叮咛:"你见了人一定要打招呼呀,男的叫伯伯,女的叫伯母。"可当步入富丽堂皇的豪华大酒店,觉得处处新奇的牛牛只顾瞪着圆溜溜的大眼睛东张西望,兴奋异常,似乎把妈妈的嘱咐抛到九霄云外去了。尤其是入座后,一张大圆桌,满堂宾客围成圈,牛牛首次听见这么多大人你一言我一语地将自己从头到脚夸了个遍，更是洋洋自得，忘乎所以。牛牛妈看出他有点"飘"了，赶紧凑过身来跟他"咬耳朵"，牛牛倒也聪敏乖巧，当即声音甜亮、咬字清晰地向席中年纪最大的长辈高喊"伯伯好！"对桌的"伯伯"顿时乐开了怀，和蔼地打趣道："牛牛，你知道今天是谁生日吗？""是干妈生日！"小牛牛毫不迟疑地接了茬，竟还出人意料地转头面向我，主动表达心意："祝干妈生日快乐！"

　　天哪，真是个伶俐的小甜心！我被这个天赐的干儿子当场感动得一塌糊涂。谢过牛牛后，许了他一个小"承诺"："牛牛先好好吃完饭菜，然后就有大蛋糕吃啦！"本是一句无心之言，谁知，这下可坏了事——"待会儿有蛋糕吃"的信念立即牢牢扎根于他的小脑瓜里。他没完没了地念叨"我要吃蛋糕"，对碗碟里可口的食物一点兴趣都没有了。凭牛牛妈的经验，这时候若当众跟他硬犟，肯定是一场"灾难"。好吧，那就换种方法呗！牛牛妈顾不得形象，佯装老虎捕食的样子劝诱道："小老虎张大嘴巴，啊呜一声一口吃掉了，多听话！"见不太奏效，紧接着又换了个说法："小白兔爱吃萝卜爱吃菜，我们牛牛也乖乖把嘴打开开……"方才还痴痴等着吃蛋糕的牛牛，总算被妈妈半哄半骗成功地糊弄过去，暂且转移了注意力，服服帖帖地拿起碗勺来，大口大口往嘴里塞饭。直到一大桌丰盛的菜肴被"群众的力量"消灭得差不多了，大家剔牙的剔牙，闲聊的闲聊；我瞧着牛牛正专心致志地啃着碗里的一块酸甜咕咾肉，暗自好笑地来了一句："牛牛，还吃不吃蛋糕呀？"此时，只见他眨巴了几下大眼睛，才恍然回过味来："噢？蛋糕！牛牛要蛋糕！"

　　险些被"遗忘"的生日蛋糕千呼万唤始出来。对牛牛而言，不管是谁过生日，吹生日蛋糕蜡烛才是最要紧、最具仪式感的环节。我作为当天的寿星，决定成全干儿子吹生日蜡烛的小心愿。牛牛稳稳地立在我大腿上，双手支撑桌面，竭尽全力往生日蛋糕吹去。大概是因为年龄尚小吧，光知道嘟嘴，却半天吹不出足够长而稳的气息来。眼看那一小撮金灿灿的火焰还在面前顽强蹿跃，牛牛对此并不气馁，锲而不舍地再次一鼓作气，然而，经过"再而衰，三而竭"的多番折腾，加上身旁亲友们善意的起哄，我决定助他一臂之力。随着火苗被我一举吹熄，原本是圆满了一桩好事儿，不承想，牛牛炯炯有神的目光却突然暗淡下来，紧皱眉头不吭声了，一副陷入深思的模样。过了好一会儿，他才略带几分失落地垂头靠在妈妈肩上低声嚷道："蛋糕蜡烛不是牛牛吹的……"原来，他是对蜡烛的熄灭不归功于自己而耿耿于怀。这下牛牛妈可犯了难。我提议，在分给牛牛的那块蛋糕上另外竖上一根新蜡烛，制造机会供他"亲口"吹熄。"牛牛，吹呀！"大家纷纷热心地为他鼓劲。牛牛开了窍，明白刚才蜡烛之所以"不给面子"，是因为自己的小嘴没有吹出足劲儿的风；聪颖的牛牛改变了策略，奋力挥动小手把风扇向晃动的火苗，最终殊途同归地完成了灭蜡烛这项"壮举"，他一脸乐陶陶的喜悦，把在场所有人都逗乐了。这一天，牛牛无疑成了我生日宴上最受欢迎的"香饽饽"。

在大人眼里，无论何时，凝神端详着牛牛那变化多端、憨态可掬的表情，倾听着他脱口而出的那一串串天真稚气、充满童趣的话语，哪怕一整天下来正事一件不干，也是相当有滋有味的。一直以来，牛牛始终慷慨地让身边的亲友分享他茁壮成长的欢乐；他的一颦一笑，是那么灵活而俏皮，令人欣喜不已。可以说，是孩子使大人重返那个被淡忘的非功利的纯真世界。

人生路漫漫，搂在怀里的孩子终究会渐渐长大、走远，陪伴的光阴遂弥足珍贵。而对于世间万千像牛牛妈这样的母亲来说，孩子在成长过程中的点滴进步，往往伴随着留不住的时间，戒不掉的思念，舍不得的成全，放不下的牵绊，还有——永远绵延不绝的爱……

衷心祝愿小牛牛健康快乐长大！

2023年12月28日，此文发表于《神州》第142期。

潮州东府埕·蔡秋川

核酸检测见闻

近几天，广州的新冠疫情形势突然变得严峻起来，各区的突发风险闹得全市人心惶惶。

从月底开始，越秀区规定全员必须核酸检测。上午9点，麓苑社区在三荣大厦设点为群众免费做核酸检测。消息一出，大伙儿奔走相告。感情要好的街坊邻里还相约结伴排队，好有个照应。

而我，前几天也听说过周边其他区域排队做核酸检测的"壮观"景象，心想：人多是必然，但整个社区总共就这么些人，不必过分着急，半天下来，该排到的总会排到的。可是——我竟然失算了！当我早上睡到自然醒，优哉游哉地前往社区核酸测点三荣大厦，还离着百来米远时放眼一瞧，我还真从未见过这么夸张的队伍：从路口便利店前的大榕树起始，沿着安全封锁线直上长长的斜坡，绕到三荣大厦大楼后头，再蜿蜒而下长长的斜坡，又在大楼一侧环绕而出，延伸到公安局门前，方才是核酸的真正检测点。远远望去，整个队伍人头攒动,摩肩接踵,熙熙攘攘。按理说,这样的"长龙"已经很惊人了,殊不知,还有更令人啧啧称奇的——就是替人排队的,这些"队友"后背上贴着写有"替某某学校职工排队,后面有八人"云云招牌,相当于他们背后还站着若干个"隐形人"。我深深地叹了一口气,乖乖跟在后头,成了长长队伍中的一员。

起初,我前头那几位穿戴靓丽、举止优雅的女人,还心平气和地刷刷抖音、发发微信语音,照照小镜子,或时不时伸头打量这不着边儿的队伍。可是等待中的时间过得尤其慢煞人,有的女人在焦虑中渐渐忘却了平日里的矜持,干着急地不时跺着脚;男人们则蔫耷着脑袋,叉着腰刷手机,豆大的汗珠淌在表情麻木的脸上、滴在热气熏蒸的柏油路上,偶尔抬起头来环顾四周,再下意识地抖抖快发麻了的腿,顺便把脚边的小飞蚊抖开。

突然,前面长龙一般的队伍松动了一下,出现了两三米的空当,后面的人瞄准了旁边的花基,"哎"一声,一屁股坐了下去,那叫一个舒畅!队伍一米一米地往前挪,老老少少们的屁股也就这么一米一米地沿着花基移动。

附近那家常年生意惨淡的便利店瞄准了商机,一箱一箱地把店里的矿泉水搬到自家的小拉车上,沿着长长的队伍向这些口干舌燥的主儿兜售。烈日下,回响着一声声"矿泉水哟,矿泉水!两元一瓶,两元一瓶!"不费多大劲儿,一圈回来,小拉车已经空空如也,留下的,是便利店老板娘那绽开的笑靥——久积的库存就这么轻易地一下子清空了!可相较而言,在这清冽甘甜的矿泉水滋润群众喉咙的同时，所有尽忠职守的医护人员及志愿者们都没能抽空喝上哪怕一口水。

中午饭点如期而至。队伍依然长得吓人，向前望不到头，向后望不到尾。有些实在等得心烦意乱的人直接放弃排队，回家吃午餐。这么一来，前面就少了不少"竞争对手"，这对于后面还在排着队的人来说，无疑是一种安慰。有人在喃喃地自言自语："应该快了吧？"突然，队伍"前线"飞奔而来一位刚刚接受完核酸检测的"知情者"，向排着队的街坊们喊道："你们要（测）到中午两三点啊！"大伙儿一听，纷纷开始不淡定了，交头接耳地议论是不是该回家吃午饭。这个当下，又自然而然催生了另一种服务行业——卖盒饭。很快，随着小推车"轰隆隆"地被快餐店小哥推上前来，一股饭香袭人脾胃，滋人唾液。可以说，有毅力留到现在的人都实属不易。既然都已经好不容易地等了几个小时，那么，比平时多付几个钱买个盒饭，以支撑至成功做完核酸检测，难道不是必须的吗？就这样，路边蹲下了三三两两捧着盒饭大口扒着饭菜的男男女女。而或许大家饭毕，心满意足后，才会意识到，一旁维持队伍秩序的志愿者们也忍受着半天下来粒米未进的饥饿，却始终坚守职责，没有离开过工作岗位半步。

不知怎的，天色骤然暗了下来，躁动的队伍中迅速升腾起了好多把五颜六色的雨伞，就像林间闻到雨汛而张大帽盖的竹荪似的。伞下的人安全感十足、优越感十足，他们知道，靠着这把能遮风挡雨的伞，他们必然能排到最后，直至轮到自己。伴随着几声滚滚的响雷，地面迅速溅起了小小的雨花，剩下的那没带伞的人们很快乱了阵脚，这时候只能怪自个儿出门时失策。事已至此，赶紧争先恐后地在队伍周边一两米范围内寻觅一块有遮盖的地儿，在进去躲雨之前，动用十二分恳切的语气与真诚的目光，嘱咐好排在自己后头的那位萍水相逢的哥们姐们，万万要切记给自己预留好这个排位，方才安心地暂时转移阵地。而在此期间，志愿者们忙前忙后地为群众张罗着雨伞的借还调度，却顾不得自己早已被淋得湿透了身。看着风雨中志愿者忙碌的身影，我心里搜索不到比"最美逆行者"更恰当的形容词了。

幸而，很快雨过云开，夏天的日头又上来了，空气变得相当闷热。排队的人们经历了晴雨不定的折腾，难免平添几分不满。原本坐在凳子上摇扇子的阿婆，可以称得上是"人龙"中"待遇最好"的了，这时候也眉头紧锁，将口罩一把摘下，跟身边的人抱怨道："都一点钟了，我还没来得及给我两个孙做饭哪！"阿婆的不耐烦显而易见，于是，一旁的志愿者和几个街坊主动地你一言我一语跟她拉起家常，抚慰她的焦虑情绪，四邻如近亲的社区暖情可见一斑。

眼看手表的指针慢悠悠地转了四圈半，终于轮到我了！在那当下竟似乎有种"范进中举"的恍惚感。坐下来，张开嘴，医护人员熟练地拿着一根棉签在我口腔里遛了个弯儿，宣布"好了，下一位！"我才彻底回过神来，晓得自己漫长的等待算是功德圆满了。

医护人员做核酸检测的流程看上去不过是几下子的操作，但从那娴熟的几下子可见，这是医护人员们重复了成千上万次的无差别作业。他们投身核酸检测一线，高标准、高质量地完成着各项工作内容，每天工作时间平均长达 10 小时。群众排长队的辛苦自不必言说，但他们被包裹在密不透风的防护服那大汗淋漓的身躯又何尝不备受煎熬？他们如此无私地付出，只求为群众的生命健康保驾护航。

当我怀着轻松的心情离场时，下意识地回头看了一眼。就在这一刹那，我见到一位长时间坚守工作岗位、正准备换班的医护人员脱下了防护头套，此时，他的脸庞已被汗水浸润，防护镜上也蒙着一层厚厚的白雾，但经过长时间的高强度工作，他的眼睛里仍然饱含激情——折射出一种人性的光芒、一种无言的大爱。我突然感悟到：完成一个人的核酸检测只需要大约 20 秒，但这 20 秒足以温暖一座城！而千千万万个"你、我、他"，作为城市的一分子，在当下这个敏感节点，多一点耐心和配合，齐心协力共克时艰，也就是对城市与自身的负责，以及对兢兢业业的医护人员和志愿者们的一份崇敬与回馈。

2021 年 6 月 12 日，此文发表于《南方日报》"海风"副刊。

潮州牌坊街·蔡秋川

烦嚣的交织

明天可就是中秋节了，或者，换一个更令人精神抖擞的说法——明天就是中秋假期了。对于老百姓来说，无论是成功抢到高铁票，得以回趟久违的老家；还是拐弯抹角地提前向单位请个假，规避高速路上可预见的出行高峰期；抑或无心出远门，索性就近找点乐子……大家各有各的节目，各有各的精彩，总之，不会辜负这无边秋意的好时节。

广州，作为广府文化的核心地带和兴盛之地，向来被公认为我国最具市井生活味儿、最接地气的一线城市，既不穷奢极侈，也不着急浮躁，有着一种不紧不慢、踏踏实实的生活节律。如今，更是依托自身所在的粤港澳大湾区蒸蒸日上的时代红利，建设起宜居、宜业、宜游的优质生活圈。就拿市内目前最繁华、最热闹的CBD核心位置——珠江新城"花城汇"地下商场来说，它凭着自然和谐的亲民感，成了国内最吸引天南地北异乡人的所在之一。

我呢，原本今天打算趁着假期临近的空档儿，乘地铁去一趟珠江新城的广州图书馆，静下心来酝酿一篇文章。然而，珠江新城地铁站出口所通往的花城广场，地下空间面积巨大，四通八达，简直复杂似迷宫，不少本地市民抱怨摸不对方向、找不到路。这不，我出站时分明先后向几名路人问过路来着，可结果呢，也许这回是老天有意设了个局，好让我领略另一番光景吧！最终，我还是误打误撞地走到了"花城汇"地下商场。没想到，我竟越走越为眼前徐徐展开的丰富景象着迷。不多会儿，我意识到，今天这地儿，我算是撞对了！

在广州，永远不要低估一杯奶茶的吸引力。刚迈入地下商场的通道入口，远远地，就瞧见一堆人摩肩接踵地集聚在奶茶店门口。店里的生意火爆无比，以至于手机刷码下了单的顾客，老早就占满了一旁为数不少的休闲椅，百无聊赖地抠抠指甲、刷刷抖音，不时往四下里张望，等候叫号取餐。尽管顾客对自己购买的奶茶是放多糖还是少糖，是标准冰还是少冰，要不要下芋圆或黑糖珍珠，提出了各种特殊的口味要求，可店里员工们调配一杯奶茶的速度，却是肉眼可见惊人地快，论手脚麻利、干练，大可以媲美工厂里流水线上机械性作业的熟练工。身穿"美团"统一黄色工服的外卖小哥们，更是在前台围了个水泄不通；刚大汗淋漓地跑完上一单，他们又马不停蹄地蜂拥至奶茶店，好无缝衔接地接下一单，那股兴冲冲的热乎劲头，犹如在和身边千军万马般的同行抢"香饽饽"。众所周知，送外卖这份差事，是论送出的单数来算工钱的；一路上风里来、雨里去，稍有迟到，还可能被挑剔的顾客打个差评，这么一来，这一单的工钱估计也就被平台扣得差不多了。因此，外卖小哥们干活非常卖命，一天到晚连轴转，工作效率特别高。匆忙间，我被一名送奶茶的小哥撞了个趔趄，他还未来得及回头对我道声"抱歉"，就又被店里的员工将急于送出的奶茶塞了个满怀……

　　这里的奶茶，论品牌店，"茶米茶""喜茶""茶理宜世"……简约的、经典的、新潮的，什么格调都有；论口味，鲜果茶、厚乳茶、鸭屎香茶、轻椰奶铁……更是只有你没想到的，没有奶茶店做不到的。在与竞争对手商品同质化的趋势下，各大门店无不绞尽脑汁、各施其招开发饮品新卖点，致力于以"爆款"热销来开拓市场知名度，留住"回头客"。一眼望去，某奶茶店的门面支棱起一幅艳丽的海报，上面印有该店的经典款奶茶和中秋月饼图样，还赫然附加八个大字："知味东方，国潮中秋"——也不晓得是什么样的逻辑，竟能生生将奶茶跟当下应节的月饼关联到一起；店员则高举"大声公"喇叭，唾星四溅地放声吆喝："今天买奶茶送月饼哎！走过路过别错过哎！"这招确实管用！惯于精打细算过日子的老百姓们，纷纷上赶着在中秋将至之际，趁卖家低价抛售的时机扫货、囤货。由此可见，即使形形色色的奶茶实体店"挤"在一起营业，也无须过分担心它们互抢生意，毕竟各有各的商品特色，各有各的经营手段，平分秋色嘛。

　　待一大杯爽口的茉香奶茶"咕噜咕噜"喝下去，我倒觉出几分饿来。要在广州这繁华的地头找点吃食垫一垫肚子，那还不容易吗？

环顾四周,诸如"兔司家""马克先生""芳叔""露丝卡文"等好几家香气四溢的烘焙店,打着"让你'焙'感亲切的味道"的宣传语,散发着阵阵扑鼻的香甜气息,热情招徕着这广场南来北往的匆匆过客。

这里的烘焙店与奶茶店有所不同,奶茶店的店铺面积不用很大,可以节省很多租金,一般开在人流量大的地方,只要用心去经营,就能获取相当的收益;可烘焙店的糕点原材料本钱较高,售出的纯利润却着实不甚可观,若是聘请了人工,那么每个月想混个保本就愈发不易了。各大烘焙店为了盈利,遂借着节日的噱头,铆足了劲儿:有的在节假日的前三天,全场一概打七折;有的是但凡订制小型蛋糕,顾客可以免费获赠果汁一瓶;订制大型蛋糕,更可以获赠迷你曲奇一包;还有各种诸如成为VIP会员享受折扣呀,累计购物积分减价呀……简直不胜枚举——这都是令大多数消费者难以抗拒的"小甜头"。

此时,我正坐在烘焙店的休息区小憩。透过玻璃橱窗,饶有兴致地端详着头戴一顶高高的白色帽子的糕点师傅,在一个半封闭的空间里制作蛋糕的过程。只见他边稳当地晃动手腕,边有意识地将抹刀与蛋糕平面的夹角慢慢缩小,耐心将鲜奶油抹平,裱花嘴从蛋糕边上一层一层自下往上推,好像在建一级一级陡峭的楼梯,推上来之后,再用一个个红色的小圆球加以装饰。最终,经过一系列的操作,成品做工精巧、造型雅致。早已垂涎三尺的我,想吃蛋糕想得差点儿连呼吸都忘了。迫不及待用勺子轻轻挖下一小块塞入口中,冰凉的奶油瞬间就在我的齿颊间化开，绵软的蛋糕蕴含淡淡乳酪香味，质感如同松软的云朵，彻底征服了我的味蕾。

一番风卷残云后，嘴馋的我禁不住又要了另一款口味。这款糕点上的玫瑰状奶油雕琢得十分细腻，丝滑的巧克力浆直往下淌，咬上一口，蛋糕中的夹心"哗"地一下子融化，尝在嘴里，甜进心里。奶茶与蛋糕的搭配，堪称完美的都市下午茶！

在广州这种烟火气十足的地方，若想吃得饱饱的，周边自然少不了正儿八经的餐厅。放眼望去，只这一层楼，麦当劳、必胜客这类西式快餐最留得住本地人。食客之中的半数人——多为男人——几乎全程埋着头，左手刷手机，右手持着汉堡或比萨，半晌方才嚼上几口，一副日理万机的大忙人派头。余下的半数人，多是些"老弱妇孺"，女人或照拂老人，或看管孩子，折腾半天，有时自己都来不及吃上口热乎的。但不能否认，无论在哪，无论干吗，只要一家老小团聚在一起，自是俗世中一种最朴素的幸福。

不远处，化妆品店、檀香木梳店、饰品店这类令女性动心的店铺，就这样挨着一字排开，吸引了多少追求精致生活的女子不由自主地走进去。若是哪位女子挽着一位男子的臂膀，容光焕发前来，那么，不管这男子看上去财力如何，必定会在售货员格外殷勤的"推波助澜"下，心甘情愿、大大方方地买下价格低不到哪去的礼物，为女子增色、为自己长脸……

穿梭于广州寸土寸金的"花城汇"地下商场，走走停停、停停走走，沿途种种完善的便利设施、好吃喝、好服务、浓浓人情味……

处处是广州鲜明的印迹。在这里,你感觉不到孤单,只有热闹与温暖。与此同时,在这座夜生活丰富多彩的城市,无数新奇而动人的崭新故事,正在你我身边每分每秒地开展着。说到底,人的一生,不就是在这烦嚣里,在具象和抽象千丝万缕的交织中,一路走过来的吗?

2024年1月8日,此文发表于第56期《岭南文学》。

来清平路捞鱼仔返屋企啦！

当生活的内容被手中紧握的手机占据了大半，80、90后的你，还记得童年放学后，隔三岔五去捞鱼仔的那段简朴的快乐时光吗？呵！遥想儿时，只觉得时间廉价，大把大把地挥霍还有的是，毫不心疼；如今，活到了而立之年，不同的成长轨迹在我们心中谱写了不同的故事，只是每每回到旧城区的这个老地方，恍惚间，耳畔总会隐约回响起一句："放学啦？捞翻几条鱼仔返屋企啦！"这句轻松随意的广府大白话，对于久居广州荔湾区一带的老街坊来说，想必分外熟悉……

多年前，就在临近广州上下九步行街的清平南路，有着一条广为人知的"金鱼街"。在芳村花鸟鱼虫市场尚未完全建成时，商业嗅觉灵敏的生意人早早抢占先机，入驻了清平路这个好地头，靠花鸟鱼虫的营生发家。每逢节假日，贩卖宠物的店铺门庭若市，临时摆卖的"走鬼"小摊档更是横七竖八，占满了街头巷尾。整条"金鱼街"满打满算也就两百来米，可大大小小出售观赏鱼的档口并不少，不管是有心购买，还是只过来随意看看，总是挺养眼的。在那个年头，下班后扶着单车挤过这段路的老街坊，偶尔兴之所至，会爽快地从裤兜里掏出几张小钞，给家里的孩子买几条活蹦乱跳的小金鱼。走在回家路上，想象着孩子见到鱼儿那一脸兴高采烈的模样，心里不禁涌起几分暖意。

好养宠物的人，往往崇尚精神生活的富足、热心关注自然的生趣。的确，这里除了慕名专程来买鱼的老广州，不乏住在清平路附近的退休老大爷，午后睡足了觉，饶有闲情逸致地踱着步悠然前来，在水族店各款澄亮光洁的玻璃鱼缸前驻足，观赏着游弋起舞、绚丽多姿的鱼群，自得其乐，久久不愿离去。在过去那个科技远不及现在发达，信息来源也没有今天丰富的年头，对小朋友们而言，课余找点乐子的方式是特别纯粹的，当他们拎着装有小鱼儿的塑料袋，满心欢喜地一路小跑回家，简单的美好便热烈迸发，构成了夏日里最具童真、童趣的鲜活画面。

时过境迁，几十年过去了，当年清平路那络绎不绝、熙熙攘攘的热闹场景已逐渐式微。如今，很多年轻人只晓得清平路是广州出了名的中药材街，殊不知，循着阵阵由远及近的喧闹声，就在十字路口的转角间，一条能让时光慢下来的元老级"金鱼街"豁然入眼……

在这里，色彩鲜艳的热带观赏鱼，是水族店随处可见的存在。不同大小、不同颜色的小型热带观赏鱼，如5元一条的珍珠马甲鱼、

4元一条的红剑鱼、10元20条的红斑马鱼、10元4条的斑点狗鱼、8元10条的黑裙鱼……按不同品种以及品相,被安置在标价不一的玻璃缸里,供人任意挑选。偶尔会发生一点令人始料未及的小意外:间或有那么一两条鱼在店老板不经意间,骤然跃起,跳到另一个与之品种相仿却价位不同的鱼缸里,一举实现"逆天改命"。

鱼跃欢腾,一如火焰般极富视觉感染力。可以说,只有见到眼前这幕鱼群游弋生姿,姹紫嫣红"开遍"的动人情景,才能进一步体会到,什么叫作"斑斓"。即便自己平日里不养鱼,来到这么一个色彩缤纷、活力四射的水族天地,心情也会跟着明朗起来!

小网兜、小水盆、负责指点一二的老板——就是这个地头典型的"捞鱼三件套"。一开始,我屏息凝神,肢体尽量保持一动不动,心里却怦怦直跳。我细细观察着它们的状态和游姿、品相,当一条合意的鱼儿放松了警惕,摆着尾巴缓缓游入网兜够得着的地方,我瞅准时机,眼疾手快地将网伸出,往水里一按,然后以迅雷不及掩耳之势往上这么一提,这条鱼儿便自投罗网了。而周边其他鱼儿受到惊吓,四处逃窜,瞬间水花四溅。不管怎么说,这是成功的第一步。有了一定的经验和勇气,望着游来游去的小金鱼,我开始费脑筋去观察它们"逃跑"的路线。接下来,比技巧、拼灵活,沉着冷静地一条接一条捞,几分钟下来,不知不觉地就捞了小半桶。

若看准了某些自己特别喜欢的花色,还可以提前订购,指定就要这条,嘱咐鱼店老板给隔开来,好生养着,让它在鱼店里先缓上几天,待过两天再来看看。如果鱼还在,就买;倘若没了,也别丧气,不妨耐心地等下一个目标,不急于一时。毕竟剩下来的极有可能才是"精英",养起来才"皮实",只要确保水质、水温没有太大波动,就不必担心它轻易死亡。

有的观赏鱼其实并没想象中好养活,不少人都是来这里"交学费"的。花个十块八块钱,买几条鱼回家"试试水",向店主讨教一点养鱼的入门技巧。从一开始的单纯养鱼,到后面开始进一步讲究升级鱼缸的布置,当手上沾染几条"鱼命"之后,也就逐渐从"小白"晋升成为专业玩家,往后便走上养鱼这条不归路了。

由于店家彼此间竞争激烈,于是大家做生意多采用薄利多销的经营方式,价格也比较合理。买得多的话,甚至可以和老板砍砍价——便宜个三两块钱,不难。

在这里,直至如今,街坊们依旧可以用十块钱买到20条孔雀鱼,以不足年轻人手中一杯奶茶的价格,延续本地人朴实的快乐。当然,除了外表漂亮的小型热带观赏鱼,在这里也能看到很多做生意的老板喜欢养的所谓"招财风水鱼",诸如金龙鱼、银龙鱼、血鹦鹉、罗汉鱼等看上去威风凛凛的品种,正儿八经地"供"在厅堂、公司、门店里,图个镇家宅、旺生意。价钱且不在话下,总之论派头,那可是一等一的大。

如今,这里虽不再是广州最热门的水族市场,却依然是当地人心中珍视的一方乐土,周边以此为中心所辐射的老街小店,也充满广州老西关的市井烟火气。尽管它的街道、铺面经过一次又一次的整修,外貌发生了变化,但来这里买鱼仔的市民愉快的心情却从未有变。

只要老板手脚麻利地把装鱼儿的袋子充上氧气，再交回给亲手捞鱼的顾客这一经典互动，还存留在清平路老街区的水族市场里，那么，一代人看似渐行渐远的记忆，便将伴随那句"来清平路捞鱼仔返屋企啦"，历久弥新、永不褪色。

2024年4月26日，此文发表于《东莞日报》"文化·城蕴"副刊。

广府寻常人家·蔡秋川

好梦丽江

那年七月盛夏,时逢暑假,我邀上友人,首次前往素有"东方威尼斯"之称的云南丽江度假。自此以后,我对丽江的怀念总在夏天格外浓烈。只因那年,它在我的青春记忆里留下了最明丽的夏景、最清凉的时光、最怀念的味道……

踏足丽江古城历史悠久的四方街,我脚下就是旧时茶马古道上最重要的枢纽站了。以此处为中心,沿四角延伸出光义街、七一街、五一街、新华街四条大街,进而又如蛛网般岔出七弯八拐的小巷,生人乍到,往往会走上半天一日也出来不得。古城长长短短的街道依山傍水修建,以红色角砾岩铺就。无论走到哪里,都与穿镇而过的狭窄水道相生相伴。

纵横交错的溪流上,横跨着三百多座古桥,桥梁的形制多种多样,包括石拱桥、石板桥、木板桥等。桥面上的天然五花石已被岁月磨砺得失去了粗糙的棱角,如今只是像一位老者般,静静细述着古城的前世今生。俯身探看桥下琤琮泉流，波光潋滟，清澈得可以看见软泥上绿油油的青荇在水底放肆地招摇，偶尔几条灰鲫穿梭其间，调皮地捣碎了流光。

傍河而筑的廊棚百里相承，多是大红灯笼高挂的客栈。绢罗下，牌匾刻有耐人寻味的客栈名，如"一米阳光""千里走单骑""舍得居""等一个人"……我好奇地推开客栈后院虚掩的门向内望去，发现里面竟别有洞天：木槿花开，满园清芬，旧墙上爬满了葱绿的苔藓，老缸里清水出莲，一只肥猫在慵懒地打盹……各种生动的元素构成了一道有故事的风景，充满着斑驳又鲜活的年代感。

兼具山城风貌与水乡韵味的丽江古城两岸，塘塘垂柳，家家流水，堪比姑苏胜景、写意江南，自由活泼而又充满灵气。且看墙头那殷红的三角梅、鹅黄的千叶菊恣肆地怒放，仿佛素净点染的中国画泼进了浓墨重彩，分外妖娆。镂花的木门边，依依杨柳映红联，门环惹铜绿；客栈前苍翠嫣红泼泼洒洒，衬得旗袍加身的女掌柜举手投足皆风情，让人叹赏"佳人一笑千金值"。

中途饿了，我迈进一家装潢古朴的餐馆。里头的柜台上，留声机正在循环播放港台经典老歌，动人的旋律犹如无形的精神纽带，让有着怀旧情结的游客产生情感上的共鸣。我暗想：大概不少游客就是像我这样被吸引进来的吧？我来得不算早，那些来得早、好享受的游客一进门就霸占了临古城西河的窗边座位，以便一边赏景，一边品尝色香味俱全的当地特色小吃：香浓的乳扇、酥脆的炸蜻蜓、地道的烤羊肉串……优哉游哉消遣上半天，既饱览了风光，又满足了食欲。当我吃饱喝足离开时，餐馆的留声机仍未歇息，蔡琴那首《被遗忘的时光》犹在耳畔回响。

黄昏时分，熔金的落日一寸寸薄了下去，轻盈得仿佛透明的蝉翼，为丽江古城的一屋一院、一墙一檐、一街一巷罩上柔和的橙黄色余晖。炊烟袅袅的民居弥散出玉米的香气，和着"布农铃"（丽江古城特产的风铃）断断续续的脆响，漾成了诗性的氛围。以勤劳能干、贤德善良著称的丽江纳西族妇人，身穿宽腰大袖的褂袍，腰系百褶围裙，下着长裤，外披羊皮披肩，三三两两地坐在自家门口闲聊，神色是那么安宁、祥和。这番光景，恰如沈从文笔端流露的思绪："我看到一些符号，一片形，一把线，一种无声的音乐，无文字的歌。我看到生命一种最完整的形式，这一切都在抽象中好好存在。"或许，丽江最大的魅力，在于能使来者的脚步放慢下来，从容地回归到生命中应当享受的状态里吧。心安处最是美好，徜徉在丽江古城，我心灵久积的尘埃轻轻抖落，灵魂深处的褶皱也被渐渐抚平。一切归零，一切新。

天色向晚，形形色色的游客散去了许多。不觉间，花儿睡了，柳儿睡了，古城也睡了……它们都睡了，而我呢？

次日，据一同下榻丽江客栈的友人说，当夜入眠后的我，脸上竟还挂着甜甜的笑意，想必是做了一个好梦！闻之，我不禁心生触动。回家后，趁着有感而发，提笔写下了这篇短文《好梦丽江》！

2023年12月7日，此文发表于《广东电视周报》"朝花夕拾"副刊第2144期。

镇海楼·蔡秋川

我的速写情结

速写是什么？是娴熟的技巧，还是充盈的内心？

事实上，速写需要灵感引发冲动，正所谓"艺乃心声，惟心不孤起，仗境方生耳"，北宋的大文豪苏东坡如是说。

潮州，是我魂牵梦绕的故乡，历史悠久，人文鼎盛，风光绮丽。尤其使我醉心的，是其古朴典雅的旧城风貌。三十六街，百廿四巷，阡陌纵横的街巷、半开半合的门楼、鳞次栉比的牌坊、波光潋滟的西湖……不论是天然成趣，还是人工雕琢，那古色古香的潮味、潮韵、潮俗、潮情，都深深打动了我，这也成了最能触动我灵感的物象，激发起我强烈的创作欲望。

于是，我每每回到潮州，一有空闲时间，总是迫不及待地夹起画板，徘徊在街头巷尾，当寻觅到中意的景物，便蹲坐在石板路上，一笔一画地描绘着这个千年古城的屋檐、门廊、街市等景观。大半天下来，往往能成就我的一两幅速写作品。傍晚时分，我拎着这幅

"新鲜出炉"的速写,大摇大摆地穿街过巷走回家,如同凯旋的将军般自得,一路上还不时驻足端详一下画作,内心洋溢着难以言表的满足感。

当然,由于工作关系,我不可能常常返潮州写生。于是,久居广州的我便从身边最平凡和最鲜活的生活中发掘能让我眼前一亮的瞬间,通过笔尖在画纸上的快速摩挲,去领会画室里得不到的那一份生鲜的现场感,这无形中促进了我心性的升华。

速写是一个习画者对自己内心艺术灵感的捕捉手段,是对世间万物形象及精神要点的书写,伴随着其情感的宣泄。诚然,有些平凡的事物,尽管平凡,但的确是美的。我用我的眼睛去发现美、捕捉美,从而用我的感受力去对其进行概括和提炼。在感受动人的新鲜事物过程中,我的审美趣味得以日渐丰富,同时也练就了我观察家乡风物及人间百态的敏锐洞察力,这对提升速写水平来说,无疑是大有裨益的。

在速写的广泛题材中,我尤其钟情于风景速写。而对景写生是需要一定时间的,短则十多分钟,长以小时计。当我面对陌生的景物,静静地坐在某个角落里动笔作画,感受自然风物的气息时,常常心生许多美好的遐想,这是我日常最为自在的状态。

我之所以喜欢速写,是感悟到了它所具有的独特魅力。它既是生活的生动纪实,又是对客观事物的切身感受,还能作为创作的"试验田",永远是美术创意实践中不可替代的源泉和鲜活的灵魂。速写中线条的概括、景物的挪移、虚实的处理等都是艺术的再创造,不论是黑白线条还是略着色彩，都别有情趣，让人欲罢不能。

一路走来，速写为我留住了家乡生活的珍贵时光，留住了风华正茂的青春记忆。那一幅幅倾注了心血的速写，无论画得如何，都始终忠诚于岁月且忠诚于心灵。笔随心动，心让笔飞，相信到了追忆似水年华的年纪，我依然能够以赤子般清澈的眼光欣赏我美丽的家乡，继续用画笔记录我的精彩人生！

2023年4月18日，此文发表于《潮州日报》。

留步瑞士卢塞恩

连日以来，跟随着欧洲游的旅行团一路行色匆匆，舟车劳顿，我与队友们已累得四仰八叉，脸上都笼罩上了疲惫的倦容。当被导游告知我们团队还将要额外驻足瑞士卢塞恩一天以作缓冲时，旅游大巴上归心似箭的队友们早已挤不出一丝欢喜的表情了。

不过抱怨归抱怨，大巴照样在畅通无阻的公路上向北驰行。也不知从何时开始，车窗外意大利风格的建筑物已渐行渐远，豁然入眼的是大片暗翠色的森林，绿得毫不张扬，只是幽幽地沉淀在那儿。势态万千的清溪在其间潺潺奔流，飞珠溅玉。忽然，前头传来一名队友兴奋的惊呼——"雪山！"车内的气氛马上活跃起来，大伙儿闻声急忙揉揉浮肿的眼睛，竞相往车窗外眺望：可不是嘛，远处一带银色的阿尔卑斯山脉浮于雾霭之上，雪龙般沿路延绵不绝，使人不禁眼前一亮！心底也冒出了清凉的快意，疲惫感一扫而空。

这时，因行程安排拖沓而没有给我们留下什么好印象的导游卖起了关子:"在这片沁人心肺的大自然中,点缀着一个玲珑别致的小城哦!"当我们揭穿"谜底"——瑞士卢塞恩,并在那儿度过了短暂却不仓促的一天后,才亲身感受到了这个在"全球最受欢迎旅游城市"排名榜上荣居第六位的小城,的确美得毋庸置疑。难怪它备受各国文人墨客的青睐。据悉,文学家维克多·雨果、马克·吐温、列夫·托尔斯泰、大仲马、朱自清,音乐家瓦格纳,演员奥黛丽·赫本等人都在这里留下足迹,被激发了灵感,且念念不忘……

位于瑞士中部的卢塞恩建城于8世纪,悠长的岁月像血液一样渗入了当地建筑的经脉:中世纪的教堂、塔楼,文艺复兴时期的宫厅、邸宅……变戏法般在这儿糅杂了哥特式、巴洛克等建筑风格。但历史作为其生母,绝对没有板着严肃的面孔,束缚卢塞恩这个灵气十足的孩子纯洁的天性。你瞧!它的确没有哪怕一栋摩天式的现代派高楼大厦,而放眼广场的喷水池旁,嬉闹的孩童正绽放着天真灿烂的笑容——这不正是卢塞恩在友善地向人们眨巴着那不施粉黛的明眸吗?

晴暖的午后阳光使我的生命力异常旺盛,我不由得独自离开团队,挎上单反相机四处晃悠。过了马路便是卢塞恩湖了。只见湖边的古宅和镜面似的湖水倒映相连,像是现实带着梦幻,梦幻照进现实,令人无限迷醉。这时,正值下午两三点的光景,城里并不熙攘,好享受的市民自带午餐在湖畔小憩。他们坐在环湖横放的长木桩上沐浴和风,眯眼赏看着一湖粼粼波光。那湖水可真是醉醉的蓝!犹如一只晶莹柔媚的眼眸,凝望着碧空中团团飞絮似的云;与天上云朵相映衬的，是在湖面三五成群游弋的白天鹅。看那高高的脖颈、挺挺的胸脯，翅似帆，尾似舵，既神气又高傲。当我啧啧赞叹湖上白天鹅的优雅姿态，忙着掏出怀中相机给它们留影时，两只上岸索食的肥天鹅竟一下子差点把我撞倒在地。原来，这些被本地人喂得相当健硕的天鹅可不是省油的灯，在岸上理直气壮地追着人要吃的。论强势、难对付，可一点儿不输咱中国峨眉山上的猴子，把我吓得不轻。我算是看清了卢塞恩天鹅被当地人"惯"出来的"野"，只好乖乖掏出袋子里仅剩的两片面包，像卢塞恩市民那样，慢条斯理地掰作一小块一小块地逗它们吃。转眼袋子空了，心里却盛满乐趣。

　　喂罢这群任性的异国天鹅，我轻装继续前行。映入眼帘的是那座我在明信片上见过好几次的瑞士卢塞恩地标——卡佩尔桥。这座横跨罗伊斯河，长达200米的木廊桥两侧装饰以玫红色天竺葵，看似花廊，桥的横眉上绘有120幅宗教历史油画。据悉，桥中间便是著名的八角形水塔，曾被用作安放珠宝及战利品，其后更一度改建为监狱及行刑所。如今时过境迁，既然人们已鲜于追思几个世纪前关于桥塔那段血淋淋的历史，那么何不让其在罗伊斯河上重生为一座美丽的丰碑呢？

　　到了卢塞恩廊桥临老城区一侧，又是另一番天地。因为有着作为交通枢纽的卢塞恩火车站，这里人流骤然密集了不少。街头星罗棋布的手表店、时装店、精品店、面包房、小餐馆、小酒吧应运而生，人们游走在古老狭窄的街道或广场，能感受到一种活色生香的情调。穿过十字路口，卢塞恩文化会议中心（KKL）跃然入目，这座美轮美奂的现代建筑物设计标新立异，巧妙地把卢塞恩湖水引入大厅。其中的大型组合式音乐厅和美术馆，既彰显了这座小城的独特个性，又不至于打破占"统治地位"的古朴城风。这一带不论每天有多少旅游团往来，本地人永远是零零散散地闲坐在露天咖啡馆，惬意地捧着一杯暖手的卡布奇诺，给身边觅食的鸽子撒几颗花生米；时尚的红男绿女偶尔兴致上头了，走在路上也毫不害羞地来个当街拥吻。这份从容不迫的悠闲，真让不少疲于奔命的外地人心生羡慕。出于入乡随俗的心态，我也点购了一杯拿铁，就这样大大方方地在他们身旁坐下歇脚，一小口一小口抿着烫嘴的咖啡，心想：到底在异国他乡凑了一回热闹……

　　细想来，在这趟随团的欧洲旅程中，我们每赶到一个目的地，都不得不讲究所谓的"效率"：赶鸭子似的在最有限的时间里欣赏到最多的景物，然后以最快的速度回到集合的地方。但是漫游卢塞恩这个湖光山色与历史文化共生的瑞士小城，尽管难免有走马观花之嫌，却让我惊叹于它生动宜人的旖旎风光。这一天的短暂逗留，对我而言，已是弥足珍贵。

　　不知不觉地，暮色终究擦去了夕阳最后一抹光辉，卢塞恩仿佛被罩上了薄薄的蝉衣。轻风徐徐拂送来阵阵花木夹杂的幽香，令人心旷神怡；不远处旧式的电车"叮叮咚咚"轧过铁轨，一连串悦耳的声音将我从沉醉中唤醒，我不觉打了个懒懒的哈欠。此时，我内心充溢的是百年前法国作家雨果的吟咏：卢塞恩幽雅、静谧，碧波轻轻地拍着河岸，柔水在我的脚下流淌……

恬然水乡

话说岭南水乡，有水就有船和桥，有乡则有房和人，可见这儿必然充盈着蓬勃的生机与活力。依我看来，水乡之美，大约就是在朴实无华中超凡脱俗，在超凡脱俗中返璞归真吧。坐落于珠江三角洲的广州市南沙区东涌镇，作为广东四大水乡之一，便是这么一座颇具韵味的人文古镇。

恰逢芒种时节，几场夏雨骤然而至，戛然而止，来得粗犷，也去得豪爽。午后日头正猛，灼目的阳光白花花地洒下来，炙热得几乎让人无处躲闪。只有河涌里疍家艇那摇橹时"啪哒、啪哒"富有节奏的欸乃声，与划桨的船娘吊起嗓子即兴发挥的"咸水歌"相呼应，方才稍许打破了笼罩小镇的闷热空气。

南北走向的东涌河流主干宛若一条碧绿绸带，穿越石拱状的厚德桥、同心桥和安康桥，蜿蜒的河岸线引导着人们的目光向前延伸，河涌的韵律美和纵深感尽收眼底。伫立于沙鼻良涌岸边俯首而观，碧悠的河涌水面被熏风微微吹皱，游弋的鱼儿映出水乡的灵动之美；两岸水草丰茂，古榕垂荫，生意盎然的青藤漫过民居篱笆墙，兀自攀成一隅小天地；三两妇女弓着身子在临河台阶边上手脚利落地浣洗衣物，想来，或许十指浸染东涌水的她们，最能体悟水乡的绵柔吧。游客们若是运气好，兴许还能碰见当地闻名遐迩的水上集市，村民贩卖的农产品都很新鲜！

沿着吉祥围，走过麻石路，便来到了独具特色的东涌水乡风情街。这是一条具有岭南建筑特色的步行街，街上遍布明清风格的青砖黛瓦仿古建筑，即便只有300米长，也十分引人流连。也许东涌的追求不甚着重于表面的繁华，而更在乎内涵式的沉淀吧。

小镇不小，但生活节奏很慢。它少了许多慌张，却蕴藏着畅达平稳的幸福感。闲暇的午后，最宜在东涌草木清新四溢的院子里，烹上一壶清茶，半倚在藤椅上，抿着自家酿的米酒，啜着紫苏炒的田螺，轻便地找个话茬儿，与挚友侃侃而谈，于怡然自得中构建一方与尘俗无所争持的小世界。兴味浓时，随手抄起竹竿，串点咸菜，沿岸钓一下午的蟛蜞，看着竹篓里渐渐"热闹"起来，当真有趣极了！信步漫游河涌两岸的幽居、窄巷、老墙、镬耳屋，逛风情街、访炮楼、制酒酿、品疍家撑粉……透过百年历史滤镜，东涌敞开胸怀，将昔日镇上的风土人情向游客们娓娓道来。

东涌镇最具特色的莫过于疍家风情与沙田水乡文化。据悉，在新中国成立前，疍家人祖祖辈辈以疍家艇为家。"舟楫为家、捕鱼为业、退潮而歌"的"水上居民"，所有起居、饮食、婚姻、丧祭，无一不在船上，被称为"海上游牧民族"，跟"岸上人"咫尺天涯。他们没有村落，没有田地，唯一的财产就是船，于是长年过着"一叶破舟栖五口，日泊田头夜漂流"的动荡生活，生死皆系于舟海之上。新中国成立后，在当地人民政府的帮助下，东涌疍家人用自己勤劳的双手围海造田，日复一日，多年艰辛劳作，终使滩涂变沃野，东涌疍家人得以陆续洗脚上岸，过上了相对安稳的陆上生活。现如今，东涌镇仍留存着传统疍家文化的烙印，比如唱"咸水歌"，举办水乡集体婚礼等。

何谓疍家的"咸水歌"？在东涌镇，想必你会找到满意的答案。疍家人曾世代迁徙避世，为生计而漂泊，迁移到哪里，就把疍家"咸水歌"传唱到哪里。它既是朴素而独特的渔民之歌，也是种地人之歌，还是母亲哄孩子睡觉的催眠曲……就连当地文化程度不高的疍家老妪，张口也都能熟练地唱上几段属于她们的《广陵散》——那可是许多外地人都不曾听过的正宗"咸水歌"——它见人唱人、见物咏物，地道的疍家人还能够即兴填词，出口成歌。"咸水歌"源于生活，贴近生活，更高于生活，并且不受时间和空间限制，可以说是广东民间最显真性情的天籁。由于旧时疍家人临水而居，这种歌就被命名为"咸水歌"。

为了夯实"咸水歌"文化传承的土壤，东涌镇政府特地邀请疍家"咸水歌"专家进驻当地学校第二课堂，周末也时常在露天广场的大榕树荫下为镇里的中小学生乃至船娘们举办形式多元的"咸水歌"教唱活动。"咸水歌"传承人带领大家随兴而歌，大胆地唱出自己的心声，表达自己的喜悦和希望。

近年来，处于开发阶段的东涌镇围绕"岭南水乡文化，绿色沙田生态"的创建主题，以"繁忙都市圈的休闲小镇，喧嚣闹市旁的恬然水乡"为定位，在引进相关人才的基础上，大力打造具有本土特色的疍家旅游文化品牌，吸引了众多粤港澳大湾区的游客前来观光，切身感受浓郁的水乡文化魅力。这，既促进了疍家本土文化的传承，又孕育着东涌镇可持续发展的未来。

慢慢悠悠的疍家小艇，引渡我们驶入朦胧柔媚的梦里水乡。且见河水清清，碎波潺潺，灯影曼妙；随风而来那忽断忽续的"咸水歌"，依稀散发出东涌镇独有的"沧海变沙田"的时代异彩。一曲方罢，蓦然回首，原是东涌水乡人家……

印象连南瑶乡

过了寒露，南国的天气日渐转凉。飒爽的风儿拂过我的鬓发，撩拨着我不安分的心思：不妨挎上相机，朝着向往已久的粤北连南瑶乡，出发吧！深秋的大自然很美，深秋的瑶乡风情想必更美！

地处南岭山脉南麓的连南瑶族自治县是个弹丸之地，全县人口仅17.6万，其中瑶族占了一半以上。街道上往来的行人和车辆虽少，但沿街新旧建筑风格协调统一，马路两旁的灯柱以传统瑶鼓为造型，展现了鲜明浓郁的民族特色；不少砖瓦房的外立面绘上了马头纹；一串串悬挂在房梁上的甜玉米黄澄澄的，正在阳光的映照下散发出饱满、旺盛的生命力。

路过瓦角冲村村口，我不禁眼前一亮：六七名身穿五色斑斓的常服、盘缠头巾的瑶族妇女，并排坐在石阶上，娴熟地绣制瑶绣，好像她们心中自有绣不完的故事。这些针不离手的瑶族妇女边绣花边低声细语，你一句我一句地闲扯家长里短；或许是因为过于专注手中的针线活,她们往往埋头半响方才慢吞吞地接上话茬,但这丝毫不会引起同伴的不满,仿佛她们正在默契十足地守护着瑶乡独有的一份"岁月静好"。

她们巧于精工,以五彩斑斓的绣线,勤勤勉勉、一针一线地绣出野凤仙、八角纹、大莲花、松果纹等瑶族服饰纹样。瑶族人世代生活在崇山峻岭中,受到瑶山的山水河流、自然风光、土地神灵启发,对当地的苍生万物有很深的情结,使得瑶绣挑花中的人物、花草、鱼虫、兽禽图样在细密的针脚间,蕴涵着其崇尚淳朴和真实的精神信仰,经久不衰,成了名副其实"穿越千年的指尖上的艺术"。

次日,天晴得像一片蓝海,几缕棉絮般的白云随和风缓缓浮游,放眼可遥望远山含黛。我起了个大早,慕名来到堪称"中国瑶族第一寨"的连南千年瑶寨。

海拔高达八百米的瑶寨横街直巷,千百年来瑶族人就地取材,用大块的青石板铺砌成阶梯,主次分明地将各家各户串联起来,形成依山傍坡、高低次第的排瑶格局。当地村民多依赖马儿和人力在凹凸不平的石板路上运输日常生活物资。伴随着马蹄哒哒,瑶族小伙手挽马缰沿主干道在寨里穿行,从容洒脱;空气中不时荡漾着马儿的铃声,清脆、空灵,分外悦耳;甚至连沿路马粪所弥散的自然气息,都叫人在一呼一吸间,领略到一种原生态的"野"味。

可以说,瑶寨人的热情好客是从一碗拦门酒开始的:气喘吁吁地爬了几十级台阶,刚到古寨门,身穿瑶族服饰的莎腰妹(当地人对"姑娘"的叫法)已上前堵住了来客,嫣然含笑地为每位客人呈上自家酿制的大碗米酒。盛情难却，我接过米酒，仰面一饮而尽，顿觉一股热辣辣的暖流沁入五脏六腑，整个人瞬间暖和起来了，再打上一个满足的酒嗝，便领了瑶胞的一份厚意……

喝过拦门酒，就算是领到了瑶寨的入场券。此时，用不着分东南西北，只消从古寨门沿着被漫长岁月"抛光"过的石板路随心而行，沿途便可以看到许多至今保存完好的不老泉、千年古水车等古迹，从中感受到瑶胞切实的生活智慧。

半山腰上，传来瑶族妇女们抑扬顿挫、高亢洪亮的叫卖吆喝声，这是在向游客兜售自家腌制风干的腊肉、腊斑鸠鸟、腊鸭等。摊位木桌板上还堆放着瑶山薯脯、猴头菇、土茯苓、野生灵芝和野菊花等土特产，货品的价格相当公道，卖货的莎腰妹笑靥如花，引得不少游客驻足光顾，人气颇旺，生意哪能不好？我的旅伴怀抱一大袋刚买来的百花茶，屁颠屁颠地朝我跑来，捡到宝似的喜滋滋对我说："你瞧！一斤才三十来块钱，合算极了！"

岭南无山不成瑶。瑶寨千年来薪火相传，民族风情浓郁，被誉为"世界瑶族第一寨"，先后获评"中国历史文化名村""中国民间文化艺术之乡"，实至名归。瑶族朋友告诉我，瑶寨的村民们近年来在乡村振兴政策的大力帮扶下，发展起旅游业。他们把村寨里的部分传统民居打造成特色民宿供游客租住，开发"开耕节""盘王节""开唱节"等民俗节庆旅游项目，经营歌舞表演棚、瑶族风味餐厅、酒坊等休闲娱乐场所……每户瑶寨人家一年光凭旅游业就能获得将近50万元的可观收入。

平日里，瑶族的年轻人外出打工、务农挣钱养家，留守瑶寨的老人则本本分分地靠绣制瑶绣、租赁瑶服、张罗小买卖度日，孩童课余更是有着追逐嬉戏、捉迷藏等数不清的乐子。无论老少，个个脸上绽露出十足的善良和真诚——他们会迎你进门喝茶，热心地为你指路，面对游人拍照的镜头，眼角眉梢都蕴含着略带羞涩的盈盈笑意。因此，凡是到此游玩、采风的"好摄之人"，一旦来了就不想走，走了还想再来。可见，民风淳朴才是最高品位的旅游资源。

闲时，瑶寨可见蹲在屋角的阿婆半眯着眼仔细地筛选豆粒；兜售火机的阿伯叼着烟袋坐在大石头上歇息；趾高气扬的大公鸡踱着步冲游客"咯咯"啼叫。到了饭点，当炊烟从瑶家古屋瓦顶袅袅升起，在歌堂坪嬉闹的孩童们闻到饭菜香，便纷纷撒腿跑回家。就这样，他们过着自己平实的日子，享受着自己简单的快乐。此情此景，作家木心的小诗《从前慢》仿佛幻化在我眼前："从前的日色变得慢，车、马、邮件都慢，一生只够爱一个人。"徜徉于连南千年瑶寨，我相信每个人都能深切地感受到这份纯粹。

逗留在连南的两天时间无疑是仓促的，我尚未有机会见识到连南瑶族排场隆重的"耍歌堂"、祈愿丰年的"开耕节"、独具特色的排瑶婚俗……带着几分心愿未竟的小遗憾，怀着日后故地重游的种种美好遐想，我就这样听着耳机里刚下载的《瑶族舞曲》，在回程的大巴上甜甜地睡去了——睡梦中，尽是多彩的瑶乡风情！

伯母种的花·蔡秋川

藏在绿色里偷看秋天

寒露时节,秋高气爽。相比起北方的萧瑟,此时的岭南秋色胜春光。前些天刮过几阵斜风细雨,今天总算消停了。趁阳光正好,我沐浴着宜人的秋风,畅游缤纷多彩的广州华南植物园。

园子好大!百般红紫斗芳菲,以秋意的深浓,延续着夏日的绚烂。

相较于植物园各种绝色妖娆的花卉,兰花的色、香、姿、韵俱佳。我尤其看重它的"韵",总觉得若没有兰花的存在,这诗情画意的秋天相当于丢了半个灵魂。早在1983年,华南植物园就开辟了兰园。在园林布局上,兰园采用了"借景"与"被借景"的交互方式,在有限的空间里,营造了远离俗世尘嚣的林泉之乐。步移景易,且看一池一亭一曲水,池边幽兰数畦,古树千枝;池水绿波荡漾,泉眼汩汩喷涌,回转流将而去,兰花幽香馥郁。兰园格调闲适雅淡,烘托出兰花高雅脱俗的自然韵致,充分表达了文人园林的美学追求,以及"众为德熏"的精神内涵。

循着曲径,我信步走入蕨类园区。叠山理水,结合雾化系统,打造出适宜乔木、蕨类植物生长的阴湿环境。大叶黑桫椤、崖姜、梯叶铁线蕨、疣茎乌毛蕨等珍稀植物长势丰茂,从石缝泉流间纷纷探出头来,层层叠叠,葱葱茏茏,在典型的亚热带雨林生态中,一簇簇地挨着、靠着,莫不是都沉醉了?

若要论被华南植物园"捧在手心里"的重点保护对象,莫过于名声在外的海南黄花梨。犹记得2021年北京保利秋拍,一张黄花梨供案以1.15亿元天价成交,刷新了中国古典家具的世界拍卖纪录。植物园竭尽所能引种栽育的一株海南黄花梨,正根植于蕨园。多有路经此地的游人走上前去,兴致勃勃地摩挲它粗壮的树干,挨个与之合照,嘴里还念念有词:"一亿多、一亿多,摸完能赚一亿多!"俨然一副在财神庙里拜谒的虔诚模样——好歹讨个吉利呀。

园中可与海南黄花梨的声名远扬相媲美的,当属伫立于中心大草坪上一株学名为"人面子"的常绿大乔木。别瞧它貌不惊人,实际上大有来头:此树由情系祖国林业发展的朱德同志于1961年2月亲手种植,从此成了倡导植树造林的象征。历经一个甲子的风吹雨打,如今这棵"人面子"苍劲挺拔,枝叶婆娑,浓密的树冠覆荫着偌大的草坪,一如先辈以深沉的眷顾之情,无声地庇佑着后来人。

华南植物园温室群景区,被公认为亚洲最大的植物景观温室群。热带雨林温室中,吐雾喷烟的吐烟花、满腹毒汁的见血封喉、中空百孔的洞天树、饱含油液的油楠,当然也有广东人过年喜欢买的寓意"猪笼入水"的猪笼草……皆令人耳目一新；那巨藤的密林穿梭、寄生的巧取豪夺、附生的高枝攀附、共生的和谐共存……无不彰显出自然界"物竞天择，适者生存"那令人敬畏的奥秘。

仅一桥之隔，就来到了以黄沙砾石为底色的沙漠植物室，异域风情尽收眼底。那高大伟岸的瓶子树、茎干粗壮的象腿木、绚丽夺目的沙漠玫瑰、刺如鹰钩的巨鹫玉、霸气十足的非洲霸王树、仙人球之王金琥……形态千奇百怪的沙漠植物，或独立成景，或相互映衬，在园区内人工模拟高温少雨、狂沙侵袭、昼夜温度骤变的干旱环境中，以坚韧的"拓荒者"姿态，在陡石峭壁、风蚀岩层间"野蛮"生长，似乎无声地昭示着：即便身处极端的环境下，只要保持不屈的昂扬之姿，生命也能绽放出别样的活力。

与沙漠植物室大相径庭，当迈入被称作"冷室"的高山或极地温室，冷飕飕的凉风扑面而来。这里的物种极为稀罕，有的来自西藏雪域高原，有的来自长白山高寒苔原，有些甚至来自南北极地。绿绒蒿、西藏枸兰、羽裂雪兔子等珍稀植物共处一室，它们或笔直挺拔，像一根根直刺苍穹的银色利剑；或弯曲盘旋，如同舞者在冰雪舞台上留下的优雅轨迹，尽显别具一格的力量与美感。

午后，逛乏了，便在温室群外觅得一处草地随意躺下。隐隐湖光，在秋阳的照耀下好似泛起一层碎银，如梦似幻。水生园的水杉牢牢扎根于湖畔，细长柔软的叶子像极了锥形的冠毛，就这么倒挂着，飘逸地悬垂入水中，风姿绰约；不知名的雀鸟啁啾着，相唤、轻歌；岸边的纸莎草舞成最美的姿态，让人恍若梦入《蒹葭》。此刻，我脑海里一点杂念也没有，可四下里微微躁动的生机直往心上滴下些诗意的珠子，滴落在我胸中的秋池，不出声响，只有些波纹走不到腮上便散了的微笑。于是我干脆闭上眼，静静地看着内心的晴空，细细地品咂着那抹笑意。

踏上棕榈路，每一步都浸润在凉爽的绿意中。忽然一阵秋风泛起，树叶不禁"哗啦啦"地放声欢笑，也不知究竟是风吹动了树，还是树摇动了风。不愧是"城市绿肺"，我深吸一口气，发觉连空气都带着几分清香。园内拍摄婚纱照的新人、风景写生的画家、采风的作家、手持单反相机拍照的游客、结队秋游的小学生、推着婴儿车散步的母亲……游人随处可见，花花绿绿的衣裳点染了色彩斑斓的南国之秋……

过去，但凡撰写关于园林风光的文章，我往往以寥寥几笔的华丽辞藻带过，毕竟那会儿感悟不深。及至在这偌大的园子里头溜达一回，方才发现，不同种类的植物之美从来不会千篇一律，而是各有千秋、各领风骚。就拿生活中常见的药用植物来说吧，如清热解毒的"板蓝根"、活血散瘀的"巢蕨"、养阴生津的"天门冬"、治疗肿痛的"田七"……谁敢说它们只是些寂寂无闻的所谓"花花草草"？每一个独特的躯体都丰富着多彩多姿的大世界，每一个小小的灵魂都蕴藏着豪放不羁的大气势。试问，那不懈向上生长的精神，是多少人一生的追寻？

一路走来，抬头望花开，低头见叶落。当你藏在蓄满光与色的盎然绿意中，偷看旖旎明丽的秋天时，想必会收获无限惊喜！

马来西亚风情（一）·蔡秋川

马来西亚风情（二）·蔡秋川

让世界的精彩重回白鹅潭

近两天登陆的第9号台风"苏拉"来势汹汹,席卷广州。一时间,天空阴霾,狂风肆虐。直到今天下午,滂沱大雨好不容易歇住了脚;趁着天气转晴,我动身前往离家不远的白鹅潭散散心。

信步走到芳村临街的拐角处,墙上张贴的知名房地产商的大幅广告宣传图上,白鹅潭一带繁华昌盛、欣欣向荣的画面映入眼帘,"让世界的精彩重回白鹅潭"一行大写的标语赫然入目。

谈起老荔湾的"名片",怎能少得了响当当的白鹅潭呢?历史悠久的白鹅潭,处于广州荔湾区芳村的核心地段,这些年见证了芳村的沿革与浮沉。早在二十世纪八九十年代,芳村陆居路曾经是这附近最为兴旺的地带:芳村花市、阿婆牛杂、满记艇仔粥、炭炉鸡煲、芳村百货大楼、芳村文化宫、酒吧街……这里有着数不尽的地标性建筑和特色美食,80后难忘的记忆点比比皆是。

这些年来,随着广州白鹅潭片区的升级改造,芳村(老区的部分）陈迹也无声地随时光逐渐消逝，多少令人唏嘘。现在，只有沿途一些近现代工业发展历程中遗留下的旧厂址、旧仓库，还能让人们一睹我国百年租界史的缩影。

白鹅潭的沙面作为广州近代的重要商埠，曾有十几个国家在此设立领事馆，九家外国银行、四十多家洋行在沙面经营，教堂、邮局、电报局、商行、酒店、住宅等欧式建筑林立，集中反映了西方建筑特色，同时对岭南建筑的艺术性兼收并蓄，具有相当的历史和审美价值。我们应该加强对这些建筑遗产的保护和研究，更好地为今后的城市建设与文化兴盛提供有益的借鉴。因此，修缮位于芳村的德国教堂与明心书院、培英书院等近代欧陆风格的建筑群遗址，恰彰显了我们泱泱大国的文化自信，意义深远。

当下，"三馆合一"的白鹅潭大湾区艺术中心（包括广东美术馆、广东非物质文化遗产展示中心、广东文学馆），正如火如荼地施工兴建中，令整个大湾区翘首以盼。论人文前景，白鹅潭无疑抓得一手好牌。

历史、经济、文化，共同成就了广州微微著著、浅浅深深、虚虚实实的发展现状。不夸张地说，白鹅潭是最懂广州故事、最有历史底蕴的区域之一。它坐拥三江汇聚之地，曾是海上丝绸之路的重要起点，也曾是广府文化的发祥地、东西方贸易的超级枢纽、世界级的贸易与金融中心，享誉海内外。

回溯近代的"一口通商"时期，外国若想和中国这个古老的东方帝国做生意，只有一个地方可以通行，那就是清政府管辖下声名远播的广州"十三行"。"洋船泊靠,商贾云集,殷实富庶",当年的盛况仿佛历历在目。

为了便于外商开展商务,洋行商人在行栈区另辟了一片供洋人经营、居住的商馆,被称为"十三夷馆"。各国夷馆在建筑外观、室内装潢及住客的生活方式上都明显带有各民族的风格。这里俨然是一个世界商务机构的博览会,与"十三行"中国商馆遥相对映,构成了一道中西合璧的人文景观。

难得的是,尽管广州市最早与海外接触,却没有崇洋媚外的思想,而是始终崇尚务实、包容、开放的粤商精神,单凭这一点,便已彰显了一股浩然的"雄直之气"。

走过辉煌的外贸之路,以水为脉、因水而兴的白鹅潭作为珠江要地,在经济、文化领域持续蓬勃发展的进程中,已成为广州西翼,与珠江新城、琶洲和国际金融城黄金三角区一起,构建出广州东西两翼齐飞的格局。它独享延绵2.4公里的江岸线,这独占的1/4江岸线份额,是别处搬不走,也羡慕不来的宝贵自然资源。

漫步白鹅潭江岸,巨大的码头停泊着不少正常运营的客船和游轮,它们是相对古老的广州"水上交通巴士",尤其到了晚上,明月高悬,乘坐珠江夜游观景船更是饱览这片绝美水域的经典娱乐项目——任时光跨越百年,羊城秀色与故事尽烹于汤汤珠江⋯⋯

黄昏,流云随风飘远,天空一碧如洗。眺望远处,又见工人们不懈地修建大湾区艺术中心那忙碌的身影。且看那笑容里的汗水,汗水里的笑容,正幻化成一个惊鸿乍现、破茧成蝶的好境。

夜色降临，模糊了视线中的广告牌，但"让世界的精彩重回白鹅潭"几个字却在我的心中愈发明晰。白鹅潭，一个承载千年商都历史荣光的福地，从旧时的格局和观念中突破，成为广州和大湾区让世界再次瞩目的活力新生之地。

作为助力社会运作的一颗小小螺丝钉，我将一如既往地在自己平凡的工作岗位上，为祖国的发展与振兴贡献绵薄之力。而每当我联想到白鹅潭未来发展的更多可能、生发出的更多力量，便按捺不住澎湃的激情，发自心底自豪地高呼："让世界的精彩重回白鹅潭！"

广州惠福路·蔡秋川

我与龙猫的那些事儿

由宫崎骏执导的日本动漫电影《龙猫》高清重制版曾于2018年底在中国院线公映。想当年，我和不少观众一样，被这部影片中龙猫那呆萌、可爱的形象俘获了柔软的心灵；而在现实生活中，龙猫的动物原型亦备受人们喜爱。我也动了心思，很想饲养一只龙猫作为宠物。好不容易打听到市内独独一家售卖龙猫的宠物店，专程上门探查，可是老板告诉我，最便宜的也要三千多元。这对当时的我来说，太贵了。摸了摸干瘪的钱包，无奈一时囊中羞涩，思忖再三，罢了，我还是经常去店里看看它们，聊以慰藉吧！

思而未得，总是心心念念。直至年底，喜提年终奖金的我终于按捺不住了，非得"请"回一只龙猫不可。还记得那是一个大晴天，我在龙猫宠物店的橱窗前徘徊良久，心里既兴奋又激动。龙猫的平均寿命大概在15～20年，掐指一算，我将要抱回家的这只龙猫，起码将与我相伴5500多个日日夜夜；而且，据说有些龙猫一辈子只认一个主人，这使我不得不谨慎选择。

转转悠悠地在店里观察了老半天，我不由得在一只粉白色、毛茸茸的龙猫面前驻足。它形似长尾巴的小兔，身躯圆润，脸蛋肉嘟嘟的，两颗黑豆般的眼珠子转溜起来十分灵动；而且它喜欢在枝头上欢快地蹿跃，比其他同伴都更显好动、活力四射。

听说用手递给龙猫食物是最容易与之建立感情的方式，于是在征得店员同意后，我将几根苜蓿草递给它。它先是警惕地嗅了嗅，再试探性地咬了一两口，一番鉴定后，大概觉得口感不错，于是迅速抓起草料，一点点地啃咬。咀嚼时，它的嘴巴并不张开，腮帮子一鼓一鼓地。当它后肢坐立时，上肢左右两只小小的爪子互相传递食物，一会儿用左手拿着吃，一会儿用右手拿着吃，而我，就这么全程慈母般微笑着观看它进食，觉得太有意思了！它吃完后，马上迫不及待地趴在橱窗上用作揖的手势来向我讨食，这一刻，我的心被萌化了，当即确认过眼神——要的就是它！

家里从此多了一张口。每天为龙猫安排吃喝拉撒以及打理卫生成了我的一份全新的责任，可我从不认为这是什么麻烦事。我与这只龙猫的关系或许可以这么来诠释：我用物质来饲养它，它用精神来滋润我。这个说法可不是胡诌。平日里，当我下班后疲惫地回到家，刚一亮开客厅的灯，柜笼里的龙猫感知到动静，就会立马朝着我进门的方向上蹿下跳，似乎在热情地迎接我。有时候，我入门光顾着弯腰换拖鞋，没来得及和它互动，它便乖乖地双爪搭在柜笼面向我的一侧窗棂上，眼巴巴地注视着我。那种孩童般清澈、纯净而期盼的目光使我动容，仿佛外界的一切喧嚣都被屏蔽了，我心里顿时暖洋洋的。

端详龙猫睡觉的模样也可谓平生一乐！蹲着、趴着、躺着……各种动作不定时切换；只见它两只小小的前爪蜷缩着，猛一看去，就像一团粉白色的绒球，分不清哪儿是脸，哪儿是身体。偶尔伸伸懒腰，打个哈欠，真是憨态可掬！

有时想想，尽管龙猫在我的精心料理下，不愁温饱，生活条件优渥，可天天把这么一只天性活泼的小生灵关在柜笼里面，也确实剥夺了它可贵的自由。为了给予龙猫更大的活动空间，我买来宠物专用的栅栏，围成一个活动区域，让它小范围地撒欢。没想到，龙猫经历几次放风后，尝到了自由自在的甜头，性子竟越来越"野"。有好几回，趁我打开柜门不注意时，它哧溜一下就从我鼻子底下溜走了。这下子，它可乐开了花，一会儿藏匿在皮沙发底下窥视外界，一会儿又钻入墙缝啃咬电线。它的身子极灵活，跑起来速度极快，而且不声不响，要把它弄回柜笼里极费劲！我发起全家总动员四处围追堵截龙猫，它却因为害怕而跑得更快，没辙；我用食物"布阵"来引诱它，未果。于是，我只好尝试在放风场地放置一个浴砂盆，趁着龙猫自己钻进去洗浴的时候，赶紧直接"端"回柜笼里去，然后"砰"的一声关上柜门——方才结束了一场狼狈不堪的闹剧。

这样的糟心事三番五次地发生，使我后怕。我觉得应该给它点小教训：短期内不打算让龙猫放风。而这，差点成为我日后的遗憾。

不久后，我离家远行，托人隔天给龙猫投食。没承想，它嘴馋不知节制，吃撑了。在接下来的几天里，我通过安装在柜笼里的远程监控镜头，发现它终日不吃不喝也不拉，一反常态地卧在角落里，蔫巴巴地不动弹。我一下子慌了！在我的嘱托下，它被熟人送往宠物医院。经拍X光片等一系列检查，兽医诊断出它患有严重的肠胃积食胀气，需要立马住院进行观察和治疗。

当时缺乏经验的我，天真地以为龙猫不外乎是普通的肠胃疾患，只要及时送院，用不着几天就能痊愈，再次健康地回到我身边。因此，面对宠物医院每天发来的将近500元的天价医疗费用电子单据，我也就咬咬牙，照单划账过去。

然而，根据兽医发来的龙猫近况视频，以及对其状态的反馈，经过几天的全面专业治疗，龙猫的病情仿佛并不见好转。而各种名目的医疗费照样天天"严相逼"。肠梗阻使得龙猫的肚子憋得圆滚滚，它难受，我内心也煎熬。又过了一连数天，我于情、于财都实在耗不下去了，心里不禁打起了鼓：敢情搭进宠物医院里的高昂医疗费用都打水漂啦？我遂直截了当地向兽医要一句准话：究竟能不能治愈？兽医的回答模棱两可，先是说好歹"留观"几天，以便看看情况如何；两天后，又坦言龙猫因病况棘手，不宜进行手术，即便勉强手术，也大概率预后不良；再到后来，兽医竟提出干脆实施安乐死，免得龙猫因病临了活受罪一场。一听这话，我完全无法接受，几年来，我与龙猫相伴的点点滴滴犹历历在目，这会儿怎么突然就要考虑给它安乐死呢？我悲伤不舍的眼泪忍不住扑簌簌直掉……

当晚，我当机立断地托熟人将龙猫从宠物医院接了回来；次日，我迫不及待地归家了。抱着"死马当活马医"的心态，我决心想方设法救治它。通过上网细查相关资料，再一一向具备相关专业经验的熟人讨教，我了解到：二甲硅油片、莫沙必利、乳酸菌素片这几种药分别可以消胀气、促进胃肠动力、治疗消化不良。

　　我急匆匆地赶到药店买回了药。此时的龙猫虚弱极了，且不让人抱，喂药难度大。我便用硬物将药片捣碎成粉末后溶于饮用水，让它自己吸饮药水。同时，按照兽医的建议，我暂时停掉它所有的干粮，只喂以提摩西草，并且坚持每天给龙猫小范围放风，活跃一下"身子骨"，以促进其肠胃蠕动。经过三天无微不至的悉心照料，龙猫的肚子渐渐消胀了；又过了两天，它通便后洒下一地的"黑珍珠"——小龙猫终于恢复了往日的精气神儿！

　　龙猫绝处逢生，我当倍加珍惜。我始终相信，我与我的龙猫冥冥中有着牵扯不断的情分。而这份缘，从当初它透过宠物店的橱窗，用那双黑豆般灵动的眼珠子与我对视时，便已展开了人与宠物和谐相处的序章——那是我们彼此最美的拥有，源于那份纯真与爱……

潮州金城巷·蔡秋川

减肥轶事

不经意间掀开台历新一页,发觉夏至已至——又到了一年一度"露肉"的时节,减肥的号角吹响了!

时至今日,随着"以瘦为美"的观念在当今社会大行其道、深入人心,瘦,被普遍认为是健康、自控力强的外在体现;肥胖,则通常被视作懒惰、缺乏自律。不得不中肯地说,"以貌取人"或许太肤浅,可在这俗世中,身材往往是一个人最直观的名片。

论身材,我虽非虎背熊腰,但也称不上苗条颀长。为了提升个人形象魅力,我迫不及待地想要变成个瘦子,穿上美美的露脐装、超短裙现身街头,吸引人们艳羡的目光——越快越好!

我踌躇满志地决心减肥,于是开始夜跑。起初状态饱满地掐表跑上半小时,自我感觉良好。但要命的是,当夏夜的微风轻拂脸颊,每一丝风都夹杂着路边摊烧烤的诱人味道,我顿时滋生一种"不祥"的预感——对于减肥这样重要的事情,难道不得等我吃饱了再来研究吗？经验告诉我，每当我因为减肥而心生烦恼时，只需开怀地涮上一顿火锅，烦恼就全抵消掉了；并且，我笃信"缘分到了自然会瘦"。结果，一不小心把自己给吃胖了，又迎来百爪挠心般的懊悔，只能在事后咬牙切齿地诅咒：这万恶的火锅！

由此可见，减肥，就是在失败中挣扎着求胜利的历程，其中最大的纠结不外乎一个字：吃！平日里，我常常因为考虑到身体的热量摄入问题而无奈"闭嘴"。每回上超市或便利店购买食物，总会习惯性地查看包装上标明的热量值，不敢掉以轻心，经常是刚拿起来看上一眼，觉得略有不妥，叹一口气，又默默放下……接连折腾上这么几回，收银员在柜台远远地盯着梢，一脸狐疑，不知我在玩什么把戏，唯恐来了贼。见状，我也只好识趣地灰溜溜离去。

世界上最痛苦的三角恋，不外乎"我爱食物，脂肪爱我"。脂肪这回事，去得快，回来得更快。有的人"忍饥挨饿"一场，只消稍稍嘴馋身懒，一腔食欲便汹涌来袭，轻易地在一顿胡吃海喝中"丢盔弃甲"。因此，说到底，意志力也属于一种生理资源，有一定的极限。当透支了太多的意志力，迟早会以暴饮暴食的方式反噬自身。

"好看的皮囊千篇一律，有趣的灵魂两百来斤"——这句俏皮话恐怕是专为男人打造的。男人但凡穿起西装来，哪怕挺着一个大将军肚，看上去也不怎么显胖，反倒会被修饰得挺有派头的；可若换作女人，一旦变胖、身材走形，想从服装上得到相应的"救济"，就不大容易了。恰恰可见当今社会对男女体态审美倾向的失衡。

和不少都市上班族一样，白天经过方方面面的身心消耗，夜晚一躺上床，我总忍不住刷上一阵子手机。随意在抖音上浏览，大数据推送的各种代餐零食、燃脂胶囊、排油片、减肥酵素……铺天盖地映入眼帘，再配合电商平台售货网红那三寸不烂之舌的煽动，真是越看越来精神！我禁不住频频下单。从此，家门口便隔三岔五被各种网购减肥产品堆起小山丘，不时招惹邻居敲门投诉："过道的破玩意儿净占地方！"我才不理他们的茬，闭门专攻减肥大计！

结果呢，五花八门的药片、胶囊就着温水"咕噜咕噜"地吞，以至于频繁拉肚子，一天五六遍地往洗手间"百米冲刺"，还因此跟医院消化科打起了交道。我乖乖地按照说明书上的指示，将消解脂肪的草本"一贴瘦"贴在腹部一整宿，次日醒来，肚皮格外瘙痒，忍痛撕开来一瞧，皮肤过敏所致的大片红斑触目惊心。而代餐零食凡是放在我平时容易触及的地方，就是不折不扣的祸害，试想看，恪守减脂的"清规戒律"节食了一整天，好不容易饥肠辘辘地熬到大半夜，那叫一个饿得凄凉！此时，代餐食品到了我嘴边，就是十倍八倍的报复性输入……到头来，只好捶胸顿足大骂自己"造孽"，悻悻地向"捷径"宣告放弃。

遥想昔日，涉世未深。有一回，走在大街上碰到个派传单的，发的是附近一家纤体中心的广告。我本无意，但架不住那派单员苦苦跟了一路，她磨破嘴皮地一番好说歹说，硬是将我忽悠上了楼。刚从电梯里迈出前脚，玫瑰精油的香味儿扑面而来，一位面容姣好的姑娘连忙从纤体中心迎出来，不由分说地将我摁下安坐，放置好我的背包，很快端来一壶花茶，为我斟茶倒水，寒暄客套，全程始终半欠着身,冲我露出那种让人心旷神怡的微笑。还未等我彻底缓过神来,纤体中心的女经理闻声从内屋钻了出来,同样的笑意盈盈,在看似不经意间将我打量一遍,口口声声唤我"靓女",那股热乎劲儿几乎就差以姐妹相称了,敢情初次见面的我俩关系熟络得很!

紧接着,不出五句投我所好的言语,重点来了!经理拍着胸脯,言之凿凿地保证道:"只需在这儿完成一期纤体疗程,届时靓女您的整体颜值提升得可不是一星半点哟!"话嘛,倒是句句说进人心坎里,可谁不晓得开门做生意"无利不沾边"?果然,见我没反驳,经理话锋一转,开门见山:"一个疗程嘛,也就小八千,比起自己的形象,这点小花费比什么都值得!"尽管我从话缝里分明听出了句句不离"掏钱",可在当时,减肥心切的我被经理所灌输的那套"不节食、不运动、不反弹"的方法论给洗了脑,冲动之下,一咬牙,一跺脚,便把钱干脆地划了过去。

见真金白银到账,经理顿觉尘埃落定,连说话的语气都放缓了些许。很快,纤体中心的顾问根据我的具体情况,为我量身定制了一套个性化方案。最先接触的项目是精油按摩。更衣后,我被领到专门的按摩室。两位女按摩师双手均匀涂抹上印度精油——据说这玩意儿能加速脂肪的燃烧——刚开始进行按摩时,她们的手法、力度恰到好处,我舒舒服服地躺在那儿,还蛮享受的,几乎要酣睡了……霎时间,我全身一激灵!扭头一看,按摩师不知何时挪来一台通了电的机器,引出一根电动按摩棒,在我脂肪容易积聚的躯体部位来回推动,强调这么做可以促进脂肪分解。我别扭不已,当即

"哇哇"乱叫求饶;而按摩师竟不管不顾地继续"用刑",一再哄道:"忍忍就过去了。"殊不知,我已在心里暗暗把这俩混账的"电刑师"连带祖宗痛骂了三百遍。

在当时,保鲜膜包裹辣椒霜烧脂减肥法受到众多渴望瘦身的"同道中人"热捧。该纤体中心自然也"走在时尚前沿",声称辣椒素具有扩张血管、刺激神经系统和加速血液循环的作用,只需将辣椒霜涂抹在身上,再用保鲜膜包裹住需要消脂的部位,通过局部发热促排汗,便可使燃脂达到事半功倍的效果。

虽说在进行这项疗程时可以静听梵乐,闭目养神,奈何被包成一只粽子般的我,浑身上下的皮肤火辣辣,直挠痒痒,何来半点享受的心思?盼星星、盼月亮,总算盼到她们允许我"卸下"保鲜膜了,此刻我心中竟升腾起几分"劫后余生"的喜悦!

眼看刚刚身上被包裹的地方湿漉漉的,我心中窃喜:嘿嘿,这下油脂被排出来了吧?后来见识渐长,方才懂得,实际上人体脂肪是不可能经皮肤"流"出来的,这所谓保鲜膜包裹减肥法的原理其实和利尿剂差不多,促排的仅仅是体内的水分,从而形成体重下降的假象,绝非真正意义上的减脂。只要一喝水,补充回暂时流失的水分,原本的体重就又恢复了。

在那段屡屡"踩坑"的日子里,由于我错投大量时间、精力,忽略了科学的日常运动与健康饮食,不知不觉间,体重不降反升。唉,事已至此,打水漂的钱权当交"智商税"了,我只能这样安慰自己。此时此刻,多么希望有那么一个人,能让我朝思暮想,茶饭不思，寝食难安，日渐消瘦，渐消瘦，消瘦，瘦，瘦……

过来人言："黑发不知锻炼好，白首定悔健身迟。"在经历了纤体中心的减肥套路后，我决定去健身房"撸铁"。

犹记得，当我做完免费的全方位身体评估后，健身教练坐在那儿，端详着一纸体测报告，满脸愁容，眉宇间流露出深深的忧虑："我必须得说句实在话，小姐，目前，您的体脂率太高、肌肉量太少、基础代谢远不达标，再这样下去，您可就危险啦！"他边感慨，边不住地轻轻摇头："不敢相信哇，小姐您才三十出头的岁数，身体素质就相当于五十多……"听那语气，仿佛眼下我命不久矣。

突然间，教练身板一挺，精神一抖擞，适时为我指出一条"续命"的"出路"："不过小姐您的运气真是好极了，今天碰上了我们健身房最后三天的亏本大甩卖活动：办为期一年的健身金卡，能给小姐您打个九折，两年的白金卡可打八五折，当然喽，若办为期三年的钻石卡还会有超值的优惠……价钱好商量，只要您有这么个决心，包您从头到脚来个彻底脱胎换骨！"正值我举棋不定之际，在健身房阅人无数的教练拿准了我的心态，补足了最为要害的一句："况且，我看小姐您的气质肯定不差这个钱！"小小的虚荣心作祟，我到底没能守住"钱"这项要紧的所谓"身外之物"。

然而，办健身卡说白了就是个对赌协议，赌的就是你不去。毕竟，健身的本质是长期和人类天生的惰性作持久对抗，在这场拉锯战中，需要坚持不懈地克服惰性，才能全身心感受到其中的乐趣，这可不是单凭一腔热血就能做到的事情。一开始，我处于热情澎湃的阶段，几乎隔天就兴致勃勃地前往健身房打卡锻炼；可是，天长日久，身体好累、坚持好难……不多时，我便陷入了三天打鱼、两天晒网的颓然状态。

想到自己和脂肪苦苦抗争，前后走过那么多弯弯绕绕的冤枉路，身上的赘肉仍对我"不离不弃"，真是泪丧不已。

没过多久，在女宾部更衣时，我偶然通过两名健身达人的闲聊，听闻一种新奇的健身方式——"组团运动"，简单来说，就是一群人一起运动。我好奇地上前一番打听，略知了一二：他们组建了一个"华夏胖友减肥群"，来自五湖四海的群友们一致朝减肥这个明确的目标奔赴。

日常，大家在这个社交平台上相互监督鼓励，彼此交流心得，内容涵盖了运动、饮食、调整心态等各方面的注意事项；也不乏卓有成效者以自己的亲身经历作为案例，大方地分享个人的成功经验。群里每天都聊得热火朝天，在群友们看来——减肥从来不是一个人的孤单，而是一群人的狂欢。

说到底，要以科学的方法克服我们与生俱来的惰性，相关领域成功者的认可、激励等心理支持，以及相互比较引发的竞争心态所提供的动力，能使"减肥大业"更容易立竿见影。

不承想，在那段与志同道合的搭档结伴运动的时光里，健身这项"苦累活儿"于我而言竟日渐变得轻松，乃至有趣，这种充实感是我此前不曾体会过的。今天的汗水，是明天的收获；当下的付出，是未来的花开。不出半年，我如愿甩了脂肪，美了面容，从衣橱里翻找出来搁置多年的小一码衣衫又合身了。

自此,我变得爱出门,只因穿得漂漂亮亮地走在人来人往的大街上,一身伶俐的装束给予了我空前的自信心,而由自信生发出的快乐无与伦比!回顾过往种种煎熬难耐,如今统统不值一提。但我最终还是认为:环肥燕瘦各有特色,我们不必回到以胖为美的时代,也不应以病态的瘦削和幼态化为美,只有健康、匀称、强壮才是永远值得追求的主旋律。

中央电视台知名主持人徐俐曾在书中写道:"要让自己有完美的身材、气质,好的性格,让自己值得被爱,是让自己具备幸福的条件。扪心自问,你符合条件吗?不具备没关系,可以修炼自己,要知道天上是不会掉馅饼的。"

是的,当你坚信你通过发奋能达到什么样子,你就会是什么样子。所以,亲爱的姐妹们,请在心中默念吧:"我,是个努力、可爱、优雅、匀称的好姑娘——我爱我自己!"

潮州薛厝巷·蔡秋川

聊聊国民小吃：茶叶蛋

作为中国民间不胜枚举的小吃之一，茶叶蛋的群众基础是坚实的，全国各地都有它的身影。走在街头巷尾、车站旁、马路边，不难见到茶叶蛋摊贩置小锅在现煮现卖。大料、茶叶与鸡蛋同煮，香气袅袅交织，甚至飘出十几二十步开外，远远地"招惹"着行色匆匆的过路人。有时候，我忍不住嘴馋，上前动手挑一个埋在锅底下的热气腾腾的茶叶蛋，付过钱后，就站在小摊旁边，一面剥着烫手的蛋壳，一面与摊贩轻松地聊上几句，发掘平凡生活中随处可觅的小小的快乐。

传统的茶叶蛋，入的是茶味。蛋与茶的组合，传递的是动物与植物、荤与素的巧妙融合。口感滑顺中带着微韧，特别耐饿，且物美价廉，老少咸宜。茶叶蛋"亲和力"十足，几乎能和各种食物搭配，既可以做上桌的餐点，闲暇时又可作零食，实用和情趣兼而有之，自带人间烟火味。

小小的茶叶蛋，虽低调、不起眼，甚至难登大雅之堂，却饱含"家"的记忆。小时候春游书包里放一小袋，看电影时裤兜里揣两个，外出求学时行李里塞上一包……长大后才发现，这些当时不曾留心的温馨细节，多半出自母亲无言的爱。

　　遥想学生时代，每逢周末，我从寄宿学校回到家，刚迈进门槛，就能闻见来自厨房扑鼻的茶香——母亲总会提前一晚为我准备好一锅香喷喷的茶叶蛋。我小心翼翼地剥开蛋壳，露出内里晶莹剔透的蛋白，美美地咬上一口，略带咸味的淡淡茶香便萦绕在鼻息之间，久久不散。在母亲慈爱的注视下，我可以理直气壮地一口气吃上两三个。次日回学校，临走时，母亲还不忘从锅里拣出一个发烫的茶叶蛋往我手里塞："天气冷，路上吃就暖和了。"热乎乎的茶叶蛋，融合了真情、味道和时间，超越食物的范畴，成为镌刻在我心中一个历久弥新的亲情符号。

　　茶叶蛋，一般来说就是煮制过程中加入茶叶的一种加味水煮蛋。按照家常的做法，把鸡蛋放入水中，开火煮至八成熟；关火捞出鸡蛋，放入冷水中浸两分钟后出水，用勺子背将蛋壳轻轻拍裂；然后重新起锅，加水，在一锅高出蛋面两指的汤里放入适量盐、酱油、花椒、八角、桂皮、茴香；烧开后放上一勺耐泡、味浓的茶叶，煮上几分钟；随后关火，把鸡蛋跟卤汁都倒入碗里浸泡三四个小时。这样，煮出来的茶叶蛋经过长时间的蒸煮、浸泡，味道便会通过缝隙侵入蛋中，蛋白上也会因此留下清晰而玄妙的花纹，像中国哥窑的瓷器一般美丽。捧一个在手，无疑是视觉与嗅觉的双重享受。

闲时，不妨尝试喜好卤菜的南方人的做法。他们在卤牛肉、鸡爪、猪头肉之后，会放一些鸡蛋与茶叶同煮，使每一个鸡蛋都在茶水的滋润中，慢慢吸纳香料的芬芳，既蹭了油水，又蹭了茶香。这在南方叫作"入味"。

事实上，制作茶叶蛋并没有统一的配方，只能说母亲做得最好吃。它透过岁月，经由味蕾，唤醒了记忆深处的融融暖意，成为一种幸福感的象征。可见，美食对人们而言，其意又不仅是口感，还在于情感和心境……

2022年2月27日，此文发表于广东广播电视台"触电新闻"媒体平台。结集有修改。

奶奶家的后门·蔡秋川

一碗醇香娘酒，酿出客家情怀

客家酒文化历史悠久，源远流长。世代生活在那儿的人们，从孩提时代咿呀学语，到耄耋之年老态龙钟，都离不开娘酒的忠实陪伴。娘酒，就像是客家人的魂，亏不得哟，少不得！

在客家人婚丧嫁娶等生命历程的繁多礼俗中，娘酒一直扮演着十分重要的角色。一旦儿女订下婚约，客家长辈便忙不迭地着手准备婚宴甜酒（即客家娘酒），寓意婚姻甜甜蜜蜜；每年正月初一，去年添丁的人家则会在祠堂里摆酒席，宴请全村的男女老少来庆祝，而这"添丁酒"，正是客家人自家酿造的纯粮娘酒；而春节，更是从初一喝到十五，喝得天昏地暗，直至通体舒泰，似乎要借此把一年到头积攒的辛劳忘个干干净净。

在粤东、粤北的客家地区，几乎家家都精熟于酿制客家娘酒，因此，户户庭前院后晒满了酒瓮、酒缸。逢年过节，心灵手巧的妇女们便在自家的灶头或院子里做客家娘酒，甚至兴致勃勃地比拼起独家技艺来,忙得不亦乐乎。值得一提的是,在当地男人的传统思想里,衡量一名客家女子是否勤快能干、善于持家的标准之一,就是看她能不能酿出好酒来。

事实上,要想酿出上佳的娘酒,的确不是件容易的事。对发酵的温度和时间,以及一些细节上的把控,必须有着长期的实践经验,才能掌握得完全到位。

正宗的客家娘酒,是一种以糯米、大米、红米、黑米等粮食为主要原料,以酒曲为糖化发酵剂,按传统发酵工艺制成的酿造酒。色泽艳丽,口感甘甜芳醇。冬可热饮,夏可冰饮,一年四季老少咸宜。抿一口入喉,绵柔甘冽,可谓酒未醉人人自醉……

客家娘酒香甜暖胃,喝到一定量时,酒意微上头,脸上放光,五脏六腑似温水沐过,暖烘烘、热融融的,飘飘然有一种说不出的惬意,而且贪杯不易醉。民间素有"斤酒当九鸡"之说,可见其受到广泛的青睐和推崇。

客家人热情好客是出了名的,无论是远亲还是近邻,凡是有客上门,必以家酿娘酒相待,敬如上宾。每到接近年尾,寒冬腊月,温上一壶老酒,邀上三五知己,开怀地放歌纵酒,畅所欲言,捋袖猜拳,一时间,整个客家围屋如同一缸煮沸的娘酒,充满浓烈的人情味,驱散了冬日的寒冷。散场后,酒酣耳热地窝进温暖的被褥里睡上一觉,也算是客家汉子的一大享受了。

追本溯源,客家娘酒起源于何时,已难以考证。据现有史料记载,至迟在清初,酿酒已在连平一带广为流传。那时候的人把酒曲倒进尚未吃完的糯米饭里，却意外地发现米粒中渗出黄色的液体，用手指沾一点尝了尝，发现液体竟非常甜，而后经过不断调配，酿造出如今的娘酒。娘酒已成为客家人日常生活不可或缺的一部分。

客家地区酒业发达，主要得益于我国的酿酒技术最早在中原发端，客家人作为南迁的"中原遗民"，是岭南成熟酿酒技术最早的掌握者。同时，中国在历史上是一个以农立国的国家，粮食生产的丰歉无疑是酒业兴衰的晴雨表，酒紧紧依附于农业，从而成为农业经济的副产品。

有客家人的地方就有娘酒。无论走到哪里，一壶地道的娘酒，总会勾起客家儿女血脉里流淌着的浓浓乡情，其意义和价值早已超越了酒本身。经年累月，娘酒已成为沟通客家人之间情感的一条重要纽带，在客家饮食文化发展中被注入了丰富的内涵。

"嫩寒锁梦因春冷，芳气笼人是酒香。"岁岁年年，承载着醇厚绵远客家文化的娘酒，确是越酿越好，越酿越香了。几口落肚，便容光焕发，神采奕奕，咂舌后还会有再喝一口的念想。值得千里追寻，只为干上一碗！

2023年12月，此文发表于《潮州文艺》总第176期。

生活逸致·蔡秋川

葳特佳酿葡萄酒会

窗外夜幕低垂，室内绕梁之音掺和着诱人的酒香，袭人心脾。产自澳大利亚南澳州的葳特佳酿葡萄酒，今晚在品试馆绽放它们不凡的魅力。

将酒杯靠近鼻端，2012腾塔堡巴罗莎塔赛美蓉长相思较浓重的辛辣味道扑鼻而来，入口却有干爽的独特果香味，就着澳洲大虾南瓜汤，酒味得到中和。一口长相思酒配一口澳洲带子沙律，齿颊留香。

稍事休息，2005必胜赤霞珠伴着澳洲安格斯肉眼扒上桌。在嚼了几口肉眼扒后，滋味饱满醇厚的赤霞珠，恰到好处地起到柔化口感的作用，不至于滞腻。眼前这玫瑰色的红酒，刚好印证了葡萄酒界广为人知的原则：红肉配红酒。

作为甜点重芝士蛋糕的搭配，2013葳特莫斯卡托被侍者缓急有度地斟入高脚杯，酒呈淡黄色，略带气泡。经浅酌，才发现其酒精度很低，大可放开胆子畅饮。酒中带有明显的花香和葡萄皮的芬芳，口感层次丰富，相当清爽，就像是把生机勃勃的春天给融进了胃肠里，真是美妙至极！

微醺中，烛莹莹，周遭一切变得愈发富有情调。古色古香的天花板木梁，简约而落落大方，与木质桌椅相呼应，混合着空气里弥漫的酒香，置身其中，仿佛被拉进了远在大洋彼岸那充满异域风情的南澳，身心得到充分舒展，倍感惬意。而复古酒橱上琳琅满目的上佳葡萄酒，散发着迷人的浪漫气息，更是升华了这般感受。

夜色温柔，酒杯摇晃。借着几分醉意四下环顾，每个角落都让人沉醉于音乐、烛光和美酒的多重交织之中。酒中有故事，杯里藏人生，醉他一场又何妨！酒馆里的酒，能醉人的不仅是酒精，更是整宿诉不完、道不尽的绵长回忆。杯盏轻碰间，笑语与趣闻齐飞，一杯敬友情，一杯敬岁月。在这里，饮酒，不再是名利场上应酬式的觥筹交错，而转化成内心的返璞归真。

的确，闲来把幻想放进葳特佳酿葡萄酒馆发酵，酿造出属于自己独特口味的琼浆美酒，在喧嚣尘世中，不失为一种境界！

辑二 随笔

《指挥家》影评：一名女性孤注一掷的追梦豪情

弗兰克："你会仰望天空的星星吗？"

安东尼娅："不会，我只欣赏脚旁的花朵。"

当看到电影《指挥家》里的这两句对话，你会觉得低头关注"脚旁的花朵"的安东尼娅是一个卑微羞怯的平凡女孩吗？

不！她只是因为出身贫寒，每日急于挣到养父母的生活费和自己糊口的面包，无暇抬起头来仰望满天星辰。

然而，潜藏在她灵魂深处的，却是一个高高在上、堪比星空般耀眼的音乐指挥梦！

《指挥家》是由荷兰名导玛利亚·彼特斯执导，以20世纪30年代为背景的一部传记片。该影片以扎实的主线、平衡的支线，展现了女指挥家安东尼娅低开高走的个人生命历程。该片的桥段和性质虽像极了一部励志的成人童话，却蕴含着一个根据真人真事改编的故事内核。

一开场,影片便以一场著名的演出为序幕。迷恋音乐的女主角安东尼娅,作为音乐厅的引领员,为了近距离观看乐团的演出,不顾同事的阻拦,执意坐在台下的过道上,还掏出乐谱在上面写写画画,神色专注,相当投入。可还未来得及听完演出,她就因出格的行为而被男主角弗兰克解雇了。待历经了多年世事浮沉,安东尼娅由名不见经传的忠实乐迷蜕变成为名噪一时的女指挥家,这时,曾把她驱赶出音乐厅、后来也不认为她会成功的前男友弗兰克,竟变成了那个搬凳子坐在指挥台下听她指挥乐团的人——待看罢这部影片,你自会明白这并非出人意料的反转。

事实上,梦想着自己有朝一日可以成为交响乐团指挥家的安东尼娅,一开始未曾受过系统专业训练,空有满腔热情,音乐基础却令人担忧。或许技能方面的薄弱,可以通过后天的努力练习来弥补,但一个人的成功,却需要时代的眷顾,尤其是在当时以男性为主导的音乐界——上至指挥家,下至乐手,毫无例外,全是男性。尽管上流社会不乏谙熟音乐的女性,但她们嫁作人妇后,都沦为了音乐的旁观者,仿佛约定俗成般在音乐界销声匿迹了。

安东尼娅在钢琴老师家看到师母婚后放弃了年轻时非常出色的歌唱事业,终日像老妈子一样在家里忙忙碌碌地围着灶台和丈夫、孩子转的情景后,受到了很大的精神刺激。甚至到后来,她拒绝了贵族公子弗兰克热诚的求婚——这也意味着她拒绝了眼前唾手可得的优渥生活,只因她不愿牺牲终身的事业追求和人生愿景。在她看来，女人，不独是为婚姻而生，首先是为自己。

安东尼娅做足了为实现指挥家之梦而燃烧生命的充分准备，为此，她破釜沉舟，凭着骨子里的一股蛮劲，多次在音乐名家面前毛遂自荐。被戈德史密斯轻视时，她竭力表现，争取学习的机会；被一众贵族嘲笑自己的指挥梦时，她努力克制情绪，维持体面；因门格尔贝格近乎诋毁的所谓"推荐信"被穆克贬损时，她铿锵有力地引用已故音乐家施韦泽不幸的遭遇，声讨穆克对她的狭隘偏见……

这一次次无惧受挫的坚持与行动，缩小了现实与梦想的差距。穆克被她的执着打动，决定收她为徒，支持她成功考入了每年只招收两名指挥专业学生的国立音乐学院。从此，安东尼娅正式踏上了从艺指挥的艰辛旅程。

陆续出现在安东尼娅追梦生涯里，与她发生各种交集的人，无一不被她特立独行的人格魅力和澎湃的音乐激情所打动——她知道自己要什么，该摒弃什么，有了这份清醒的自我觉知，面对令人唏嘘的身世、生活的窘迫、周遭的嘲讽以及钢琴导师的性骚扰等种种炎凉世态，她的目光始终坚定而锐利，明亮且一往无前。这股近乎执拗的冲劲在安东尼娅身上体现得淋漓尽致，在那个令人压抑的时代潜移默化地感染了许多她身边的人。片中的配角罗宾，前期以男性形象示人，运营着自己的音乐俱乐部，又以女性身份通过写信暗中资助安东尼娅演出，最后她在安东尼娅一番真挚的感化下，褪去男性装扮，加入了安东尼娅所组建的女子乐团，参与演奏。

可以想见，这样一名心地柔善、没有权力背景的单身女子，在一个男权至上的社会中，想要在自己的专业领域谋求一席之地，便不得不放下她在片首所表现的那种拎起裙角、光着脚丫在水塘漫步嬉戏的一派纯真烂漫，而必须以男人般坚毅的勇气和胆识去拼搏，挑战刻板、传统的规则。毕竟，不论何时，一个心怀志向的成年人，包括女性，若是渴求卓越的事业，就得杀伐果断、直面困难地独自前行，不要一味抱怨社会的不公，更不要奢望鱼与熊掌兼得，如同一句谚语所言："当你什么都不能依靠的时候最能成功。"

无数观众钦佩女主角安东尼娅的毅力和勇敢，但这种精神背后的推动力却难免令人感觉凄凉，毕竟一个想要在男性主导的社会生态里取得非凡成功的女性，需要付出的代价实在太大。与其说女主人公安东尼娅是顶着主角光环而屡屡绝处逢生，毋宁说是她秉持着突破世俗偏见的执念，孤勇地在布满荆棘的女性崛起之路奋力摸爬滚打，最终成就了自我。

回顾一生，安东尼娅深爱的男人曾希望她为爱止步，最终她却毅然选择孤身飞往欧洲追寻音乐梦想。或许她的内心有过挣扎，有过遗憾，但精神的堡垒却不曾崩塌，信念的巨轮未曾偏航。正如影片中罗斯福夫人一句点睛的忠告——"尊重内心的选择而不是听那些闲话，因为闲话总有人说"。这个道理直至今日仍未过时。

可以说，《指挥家》这部影片的结局令人痛惜：安东尼娅一生致力于音乐事业，虽然成了历史上第一位女性指挥家，更组建了世界上第一支女子乐团，引起了巨大的社会轰动；但最终由于大环境的阻力，她与同时期男指挥家的影响力未能等量齐观，始终没法打破性别歧视的藩篱，担任乐团常驻首席指挥。但纵观安东尼娅的逐梦生涯，她内心深处的那种不甘，她终其一生的奋斗，在一定程度上突破了当时女性职业的禁区，她的故事和成就证明了女性的社会价值，如同星火一般，成为后人追梦前行的航标。

一路披荆斩棘地走过与男权世界抗衡的半生坎坷，安东尼娅孑然一身，但她没有工夫黯然神伤。在影片结尾，当她站在指挥台上高昂起自尊自信的头颅，充满激情地挥舞指挥棒调度起整个交响乐团的演奏时——我确信——她已凭一己之力征服了全世界！

2023年2月4日，此文发表于《潮州日报》"百花台"副刊。

小红楼·蔡秋川

意大利艺术家的中国情

早在 2005 年,中国南方的广州美术学院迎来了一位来自意大利的老先生——桑德罗·特劳蒂。他追随利玛窦、郎世宁等西方艺术传播者的步伐,在短短十几年间,为中国美术带来了许多"非常不一样"的东西,当然,中国亦回馈给他"非常不一样"的体验和感动……

又是一个悠闲的晌午,广州美术学院老校园幽静如常。金色的阳光经过教学楼旁挺拔葱郁的苍松枝叶筛滤后,照进广州美术学院老校长胡一川的故居———座很有年代感的旧式小红楼里,缤纷的光影分外绚丽,变幻出斑驳陆离的风情。现在,这里被现任美院领导特意拨给桑德罗·特劳蒂作为教学期间的住所。

这天,特劳蒂热情地邀来几位学生小聚,打算在小红楼里为大家烹饪一顿午餐。言谈间,他提及西方的一句谚语:"People who love the kitchen must also love life(热爱厨房的人,一定也热爱生活)。"

因此，他坚持亲自下厨，精心炮制了一煲自己在祖国意大利生活时经常烹饪的意式大虾。特劳蒂烹调意式大虾驾轻就熟并不出奇，可令人意外的是，他煲起中国人最家常的皮蛋瘦肉粥来，竟也得心应手。原来，他早年听闻中国民间有"入乡随俗"的说法，于是专门从中国学生那儿学来了正宗的中式煲粥法，颇为考究地用小火熬出了一锅具备养胃健脾功效的地道皮蛋瘦肉粥，香气四溢，令在场学生们不禁啧啧称赞。

大功告成！将绣花镂空的米色餐布往餐桌上一铺，端上特劳蒂张罗的一桌子丰盛的美食，师生四人就这样围坐在敞亮的露台用餐，尽享惬意时光。微风拂过，舒坦而惬意。特劳蒂往高脚杯倒上自己最中意的意大利白葡萄酒，兴致勃勃地与学生们分享着自己在意大利经历或听闻的趣事。气氛浓时，特劳蒂频频举杯祝酒，随后畅快地一饮而尽，红楼的小露台回荡起快活的爽朗笑声。

事实上，这位平易近人的老先生，是意大利当代著名艺术家、罗马美术学院的终身教授，在欧洲艺坛享有盛誉。自 2005 年起，特劳蒂在广州美术学院度过了十余年的教学、创作生涯。

追本溯源，广州美术学院油画系教授郭润文于 2004 年受校方的委托，远赴欧洲聘请西方的艺术家来中国教学。其中有一站去了意大利罗马美术学院。几经周折，郭润文终于在圣彼得大教堂旁边一个不起眼的住宅里，拜访了桑德罗·特劳蒂。

"我刚到他的画室，第一眼看到他画的素描，立刻就觉得这位艺术家非常适合到我们中国教学。因为他的作品不光具有西方非常深厚的传统沿袭，同时也凝聚了中国写意绘画的特点。如果他的绘画跟我们中国的绘画发生一些有意思的联系的话，将会对我们的美术教育起到推动作用。"郭润文至今仍不胜感慨。

令当时的郭润文教授感到非常意外的是，当特劳蒂收到这份来自万里之外的中国的邀请时，非常激动，他向郭润文连连表示自己所梦寐以求的就是到中国进行艺术教育和传播。于是两人一拍即合，次年10月份，特劳蒂以广州美术学院客座教授的身份，踏上了中国的国土，开始给研究生授课。

学生们对从意大利远道而来的特劳蒂教授有一种天然的好奇和仰慕，平日里，亲切地尊称他为"特老师"。这位"特老师"的教学连贯而有趣，其认真负责的敬业精神深深打动了学生们，师生间很快形成了良好的互动。特劳蒂的绘画教学崇尚自由发挥，他认为——画画不是只有一种形式，而是有无限的可能，每个人都要找到自己。因此，他从不框限学生们的创造力和想象力，而是倡导他们充分享受绘画的乐趣，通过绘画释放自己的天性。

有时候，特劳蒂会不知疲倦地在课堂上跟着学生一起画，或者亲自给学生们作油画创作示范，为中国学生提供了难得的直观学习机会。学生们得以近距离地亲睹特劳蒂的作画过程和作品真迹，可以学习他如何调色、如何制作肌理、如何把丙烯颜料和油画颜料混合使用等。通过他的言传身教，学生们领悟他希望传达的艺术观点。

在这样的教学氛围里，几乎每位学生的画风都发生了一定的变化；在绘画实践中，他们的思路不再僵化，在艺术表达上进入到一个比较开放自由的发展空间。甚至有些原本基础相对薄弱的学生，也在特劳蒂的悉心调教下，逐渐找到了符合自己个性的绘画语言。这为原本以苏联社会主义现实主义绘画体系为主导的中国学院派注入了一股清流。

特劳蒂表示，中国学画画的学生们对绘画的渴望、渴求很令他感动，这是在西方没有的感觉；可能中国需要这种新鲜的血液，或者跟原先不一样的全新绘画理念。这样的想法驱使他坚持以每年待三个月的频率前来中国进行传授；同时，他也希望自己的付出能够为中国的艺术教学和理念发展带来一些助推作用。

所谓"教学相长"，这些年任教于广州美术学院的体悟对特劳蒂的作品影响甚大。特劳蒂非常迷恋中国博大精深的文化，尤其是中国古典艺术所追求的"意"的境界。并且试图将其迷恋的中国写意绘画中的一些元素融合到西方绘画中，也试图让中国传统文化跟西方文化融合在一起。对特劳蒂而言，中国这个神秘的东方古国，展开了他漫长的艺术旅途中的新历程。"我更希望自己能够成为一位真正的中国画画家，因为中国画的古典元素太有魅力了！"特劳蒂啧啧赞叹道。

熟悉特劳蒂的人都知道他钟情于中国古典文化，广州美术学院城市学院副院长雷小洲教授作为其好友，每年和特劳蒂相聚时，总免不了陪同他到中国各个地域感受一番别样的风土人情。

2013年，特劳蒂在雷小洲的陪伴下，去参观陕西历史博物馆，当他目睹了中国一千多年前的传统壁画艺术时，瞬间就为之色彩、线条和造型所深深触动，那是亲身处于东方绘画现场，给他这位西方艺术家带来的强烈震撼。特劳蒂激动地坦言，在中国一千多年前的唐代壁画里，他内心的线条和素描刚好跟东方的元素碰撞在一起，从中找到了一种共鸣，碰撞出一些火花来。后来，据好友雷小洲反映，当晚回到酒店，特劳蒂仍一心琢磨着"如何把中国壁画的线条、色彩转化到自己的创作中"，以至于彻夜难眠，久久不能入睡。

为了向这位长年为中意乃至中西方文化交流做出卓越贡献的特劳蒂教授致敬，2018年10月31日，由广州美术学院主办的"中国·十年——桑德罗·特劳蒂油画研究暨捐赠作品展"在老校区美术馆隆重开幕，展出了特劳蒂从艺七十余年各个创作时期的一百一十余件作品。特劳蒂的妻子艾娃专程从意大利前来捧场。

艾娃已不是第一次来中国了，在前几次逗留中国期间，她的中国朋友陪同她到处参观、游玩，中国的人文风光令她大开眼界，她也感受到了中国人的友善。

"特劳蒂这些年来中国教书的事情，我作为妻子是支持的。他把西方的文化带来中国，又在中国汲取东方的艺术文化元素，通过画作表现出来，再介绍到西方，这些事情很有意义。"艾娃作为一名意大利画家的妻子，能敏锐地感觉到异国文化使丈夫特劳蒂画作中的精神力量以及艺术风格产生了微妙变迁："我觉得中国给他的艺术养分跟艺术灵感越来越明显，特别是他的绘画线条更加东方化了，甚至整个画面传递出来的气息都很东方。"

的确，长期沉浸在这种东西方文化交汇的语境中，对特劳蒂作品的画风影响甚大。他在油画创作中主张与中国画推崇的"气韵生动"相契合，而正是这种力求"契合"的全新体验，使他获得了前所未有的艺术灵感。

在艺术探索的层面上，出于不断突破的需要，作画时，特劳蒂往往毫不吝啬画布上苦心经营的画面效果，对其大刀阔斧地做整改，十分大胆不羁。可以说，他的作画习惯于"画一天就感受一天，画一周就在画面上积累、破坏、重叠一周。"而特劳蒂的大部分画作，都是以东方女性的形象为题材——那些温婉含蓄的气质、典雅柔和的目光，无不显现出特劳蒂对中国这一东方古国的无限神往："我爱上了中国女性的美丽，画中国女性的脸庞用的是线条，很纯净，她们的嘴唇就像樱桃……所有这些使得中国女性的五官是如此的完美，而正因为我喜欢用线条画画，所以用我的艺术语言来画中国女性无疑是绝配。"

特劳蒂深爱着中国，中国已然成了他的第二故乡。对他来说，远赴中国教学奔波劳碌虽然有点疲惫，却是一件很"值得"的事情，这份特别的经历大大地丰富了他的人生。如今，尽管鬓边的白发略有增多，特劳蒂却仍保持着一如既往的健康体魄，以及充沛的创作激情，这使得他在任教期间培养了一批优秀的油画艺术家的同时，也创作了大量佳作。

时间如白驹过隙，从 2005 年初到中国时的 70 岁出头至今，特劳蒂赴广州美术学院开展教学工作近 20 年。他对中国美育所做出的贡献是巨大的，而广州美术学院也给他提供了一个优越的平台，两者以开放的姿态达到一种双赢,一种共荣。从这个层面上讲,这是一个非常经典的案例,应该载入中国的美育史册。

而对于特劳蒂个人而言,在多年来与中国年轻学生朝夕相处的过程中,他毫无保留的付出得到了他们情感上很大的回馈。大家对他的爱——对他的尊重、佩服、关心,所有东西加在一起,他是深有体会的,这也是对他精神上莫大的鼓舞。特劳蒂常说:"艺术,特别是绘画,没有了爱,是绝对不行的,没有爱,艺术也就不复存在了。"

自意大利东海岸踏足中国土地,十余年往返弹指一挥间,特劳蒂对中国文化的浓厚兴趣,以及对中国人真心实意的炽热感情在不断绵延着。或许正是这份不加修饰的拳拳赤诚之心,促成了特劳蒂自由而崇高的艺术境界,从而也成就了一段横亘中意两国的佳话。

2018年11月,本文稿在广东广播电视台《文化珠江》栏目播出。

人境结庐

——记茂德公草堂

所谓"草堂",自古以来象征着文人雅士朴素、自然、崇尚隐居生活的精神信仰。历来,有陶渊明"结庐在人境,而无车马喧"的世外桃源;有杜甫"万里桥南宅,百花潭北庄"的成都草堂;有诸葛亮"躬耕于南阳"、让刘备三顾的"茅庐"……无不蕴含着野性与典雅共存的况味,是文人墨客心驰神往的所在。而就在当下,离广州市区不远的番禺化龙镇,也有着这么一个现代版的"桃花源"——茂德公草堂。

草堂主人陈宇,江湖人称"堂主",来自湛江雷州。身为一名走南闯北、事业有成的企业家,经过多年商旅拼搏,陈宇决意回到原点,重新出发。在以爷爷的名字命名的茂德公草堂里,邀得十余名文人墨客、民间艺人入驻,从事自由艺术创作。陈宇曾被《新周刊》评为2007年年度生活家,正是因为他建了这座艺术家眼中的"乌托邦"。

茂德公草堂由一个近200亩的龙眼果园改建而成,环水而筑,所有的景观设计都融入了雷州半岛热带丛林的风情。六大主要功能区域分别是德居、棠堂、耕读斋、康庐、集艺轩、躬耕园。在这里,幽居、躬耕、读书、论道、聚饮、作画、修身成了隐派主流。草随意长,花随意开,一石一木皆饱含着生活气息和创意灵感,一幅陶渊明式的耕读文化图仿佛跃然眼前,因此,茂德公草堂备受雅客名士的推崇。

首批入驻草堂的12位艺术家来自五湖四海,其从事的专业包罗书画、文学、民乐、陶艺、雕塑、银器设计等不同行当,他们用各自的精彩构成了"宜生活、宜艺术、宜会友"的"121·生活原地"。"12"是指首批入驻此地的12位艺术家,"1"则是指草堂堂主陈宇,他将与大家一起原地踏步,调整呼吸,思考人生,去往生活与艺术的任何方向。

茂德公草堂之所以能成为艺术家集聚的胜地,首先是这里宜人的自然环境满足了他们"在心中修篱种菊"的精神向往,其次是它提倡的"将艺术生活化"理念。于是,在茂德公草堂这个包容性颇强的园地,艺术家们半是创作,半是养生,慢节奏的安逸时光使他们的艺术有了恣意生发的自由空间。可贵的是,在草堂这个"朋友圈"里,艺术家们并不看重彼此身份地位的显贵与否,但求性情相投,单凭这一点,自是许多地方不可比拟的。

循着沙沙扫叶声,绕过耕读斋左侧的小土墙,便来到"忘庐"

了。竹影绰绰的"忘庐"庭院清幽而静谧，低调得让人很难想象——这位手执扫帚打理院落的长者，正是广东省书法家协会副主席纪光明先生。纪光明虽平日事务烦冗，但一旦得以忙里偷闲，他便习惯性地来到"忘庐"，铺开宣纸，抖碎穿透窗棂的一方斜阳，执笔挥毫，忘我地游走于笔墨之间。

"忘庐"有着一个较隐蔽的书法小展厅，满墙的墨宝令人目不暇接，这些都是纪光明多年寒暑无间苦练的成果。不显眼处，数幅裱框的慈善书画捐赠证书，令人不由得为这位书法家的大爱所动容。

年轻时曾经历过"上山下乡"知青生活的纪光明，毫不掩饰他对土地的热爱。得空时，他乐于扛着锄头，到草堂的躬耕园干点农活：松土、浇菜、拔草、捉虫……样样得心应手。在他看来，年过半百，尚能有这样一方田园诗样的好去处，可以让他通过身体力行见证一棵棵鲜活的生命从稚嫩走向成熟，实属一种幸运。

午后炙热的日光并不妨碍纪光明脱鞋下田躬耕。菜畦里，只见青瓜顶着黄花，豆角戴着粉色的花串，灯笼似的辣椒结了出来，香菜也变成了绿色的"小扇子"。尽管种菜是桩累活，可对于纪光明来说，这既是在锻炼体能，也是一种调养心性的乐趣，更是对青年时代那段深刻的记忆甘之如饴的回味。

茂德公草堂有一条灯笼街，放眼眺望，可见一座架于粼粼波光之上的水榭楼台，那就是山水画家孙金龙的"孙廊"了。傍池而筑的回廊挂着成排亮眼的红灯笼，沿着曲折的长廊走去，受惊的看门小狗"凯哥"警惕地朝来者"汪汪"直吠。孙金龙已敞开木门候客多时了。

迈入里屋，落地玻璃窗投射进充沛的阳光。环顾四周，可见孙金龙这位来自江南的画家对居室陈设颇为讲究：窗台葱郁的文竹盆栽、博古架精美的紫砂壶、墙壁高妙的字画等，在风格自然简约的基调上，追求东方古韵之美，可谓雅中见致。在孙金龙眼里，每一处细节都蕴含着一个动人的故事，都是一份值得珍藏的独家记忆：

"在我们江南，人们多喜欢在自家桌子的瓶中放进一把扇子，叫作'瓶中有扇'。即是说，人活一辈子，要多做善事，所以就把扇子放在这瓶里，谐音——'平生有善'。"

孙金龙擅长表现国画写意山水，他的心胸如同他笔下的山川河流一样开阔。他热衷公益，对茂德公堂主陈宇发起的"广东省茂德公儿童艺术发展基金会"（以下简称"德基金"）支教活动特别上心。

"说到支教，应该是从2009年9月份开始。那时候，我到雷州半岛老板陈宇的老家足荣村支教了一年多。陈宇后来看到乡村的孩子们因为支教有了一些变化，就创建了一个'德基金'。我作为联合创办人，自认为是一个终身'德先生'。我在一年之内，8次支教，一共援助了34所小学。这是很快乐的事情！"

孙金龙深信：平等是很重要的。他从来不会端着一个画家的姿态去跟孩子交流。在他给山村的孩子们带去艺术启蒙的同时，孩子们的纯真也洗涤了他的心灵。由于梳着一头比女孩子还长的马尾辫子，久而久之，孩子们亲切地称呼孙金龙为"长发老师"。在支教期间，孙金龙课余时总喜欢拿着相机在村里到处取景，用心拍下孩子们司空见惯的平凡事物，并告诉他们——这就是美。

这些年，孙金龙植根于乡村支教这块肥沃厚重的生活土壤，接触到了许多真实、深刻的第一手素材。他在其中融入强烈的个人情感，创作出打动人心的作品。而今，他的支教范围越来越广，这将给更多的受益于"德基金"的乡村孩子带来追求艺术的希冀与梦想。

耕读以"德"为本。在茂德公草堂，耕读的第一景便是立德院。孙金龙等茂德公草堂人秉承的理念——"大德无形"，由多位中韩书法名家书写的61个各具特色的"德"字，被镌刻在立德院的石碑上。它们错落而立，夹道相迎，构成了草堂一道独特的人文景观。

入夜，路过"121·生活原地"一隅，总能远远地望见德陶社亮起的灯。德陶社，被称作大都市里的世外"陶"园。该社的掌门人——制陶艺人李小明通常在晚上创作。寂静中，他完全沉浸在自我的世界里，和泥、拉坯、修坯、上釉等一道道工序皆讲究"慢工出细活"，李小明全凭一双巧手和一份毅力，日复一日、年复一年地"鼓捣"着，乐此不疲。谁能想到这么一个成天踢踏着一双旧拖鞋、留着半长胡须、皮肤黝黑的糙汉子，能把这么一门精细活儿一口气干上几十年呢？

做陶壶的转磨在年月间一圈圈地轮回，长达16年的拜师求学、潜心钻研，一路走来，为了传承沿袭家族两百多年的手艺，为了心中那盏壶，李小明付出了整个青春以及全部金钱、精力和感情。

时至今日，他终于在旧式泥塑壶的基础上有了突破——选择以木为柄，避免因为壶热而导致壶柄烫手。就这样，泥做的壶体安着长长的质地名贵的木把，既含有传统制作手艺的厚重积淀，又有适宜新时代风尚的生活韵味，是赓续古雷州窑陶瓷文化的创新佳作。

经历多年的不懈奋斗，李小明最终落脚于茂德公草堂，成立了自己的"德陶社"。对此，李小明感慨良多："加入茂德公草堂之前，没有什么平台，你的作品做得好或者不好都没有人知道。进入茂德公草堂后，很多人会渐渐认识你，会给你意见、帮你出主意，令我更加坚定地把这门手艺用心经营下去。"

每逢周末，有不少孩子在家长带领下，来到李小明的德陶社，加入"玩泥巴"的行列中，让陶土与双手来一番亲密接触，感受手工制作带来的乐趣。孩子们在李小明悉心指导下，根据自身喜好，亲手做出花瓶、碟子、茶杯、笔筒等小玩意儿；还可以放飞奇思妙想，捏出各种呆萌的、炫酷的卡通作品；又或者直接在陶土上摁上自己独一无二的手印、脚印；甚至是看中了一件陶器半成品，随心所欲地往它身上涂抹颜料，通过尽情发挥想象力，赋予它有趣的灵魂……

同样在茂德公草堂的"121·生活原地"，当你途经雷州籍烟斗大师游能、游适任父子共同创立的工作室"斗室"，总能窥见游适任全神贯注地端坐在工作台前，手持烟斗进行打磨、抛光的情景，仿佛天底下安静得只剩他与手中的烟斗。

"斗室"橱柜上展示着形态各异的烟斗，每款都匠心独运。谈到手中把玩的他最为钟爱的烟斗，游适任眼中闪烁着兴奋的光芒："在制作烟斗的过程中，我会更着意于这种线条的美感，考虑它的顺畅度、弧线感，怎么去和木头的纹理相契合，还会设想烟草放进去后，这样的角度能不能抽吸得很通畅。有些烟斗如果造型不合理的话，里头的水分甚至会倒流，所以将烟嘴设计得稍微往后弯一点。"

自从入驻茂德公草堂，游适任的生活节律开始变得不疾不徐，整个人的状态松弛了很多。"以斗为媒，与人为善"是游氏父子一贯为人处世的态度。父子俩在制作烟斗的从艺之路上，遇到了不少知音，特别是生活在草堂，平时只要打声招呼，三五知己便聚在"斗室"里，泡上一壶热茶，悠闲地把玩着游适任的新作，天南海北地侃大山。

而游适任的座上宾中，有一位很是特别——银档主人吴祖国，一头银灰色的长卷发，脖子常年挂着印第安部落风格的鹰爪银饰。他风趣诙谐地将自己的银档命名为"祖国银行"。因为热爱印第安文化，且言谈举止随性不羁，他被大家戏称为"酋长"。对此，吴祖国一脸的扬扬得意："在这个园区，说我的真名他们可能不知道，但是说酋长，他们个个都知道。他们来的时候若说是要找酋长，就可以从绿色通道进来。"

吴祖国向来秉持着"生活就是要好玩"的观念。他在自己的根据地——"酋长部落"门前，亲手搭建了一顶印第安式的锥形帐篷，甚至在顶上摆放了一套桌椅用作消遣，却始终固执地不肯设置爬梯，坚持通过攀援旁边一棵高大的龙眼树一跃而上，然后站在高处心满意足地远眺。

他坦言："我每次都是开车听着歌来到这里的，一路上的心情就像去朝圣一样，感觉很自由、舒服！在这里和周围的艺术家们喝茶聊天啊，一起吃饭啊，在艺术上大家谈天说地，天马行空，这是其他地方很难找到的，非常难得！"

现在，吴祖国每天都在银档里忙活。制造各种风格粗犷的银制打火机是他的拿手绝活，经他打造成型的打火机重量都在半斤以上，凸显出厚重的质感，彰显着印第安的野性。创造的过程使他相当入迷，"祖国银行"里经常传出敲敲打打的声音。

跟其他艺术家一样，草堂也为作家兼画家陈文提供了隐居和创作的工作室——"花房"。平日里，陈文醉心于读读写写画画；不动笔的时候，陈文会在"花房"的露天平台上，惬意地晒晒太阳，任由时光与熏风经身上流逝，一切都不慌不忙。每每有朋友到访，他便泡好一壶清茶，大家高谈阔论，各抒己见，很是开怀。在茂德公草堂居住的日子，用他的话来说，就是："写着画着玩着，便活成了自己。"

陈文的写作反映较多的，是对个体生命价值和生存状况的思考："人们如果只是关心银行卡里数额的变化，天天拿着尺子量自家面积多少平方、值多少钱，当然，这也是人的生活方式之一，但这不是一个完整的生命。所谓完整的生命，是人拥有一片归宿地，那就是大自然，就是一抔土、一汪水、一朵野花、一只蜜蜂，使人能够感受到生命的多姿多彩，从而一步步地让心灵接近纯粹。"

可以想见，茂德公草堂从无到有的兴起，需要大量的资金投入。而作为一种休闲式、体验式的经营管理模式，很多志同道合的艺家们为这里带来了文化的讯息、影响、符号、元素，使得这片风水宝地慢慢积攒起浑厚的文化底蕴，内涵遂变得逐渐丰富起来。这一切，成功地为茂德公草堂和艺术家群体造就了双赢的局面。

颇具田园牧歌气息的茂德公草堂，在接纳了众多向往悠闲放空场所的游客、倾慕传统人文氛围的从艺者的同时，也圆了堂主陈宇及驻堂艺术家们共同的梦想——打造一个"结庐在人境，而无车马喧"般返璞归真的世外桃源，从而欢迎各种人前来做各种爱做的事。

最后，我不妨引用王小波的经典之句收尾："一个人只拥有此生此世是不够的，他还应该拥有诗意的世界。"

2018年11月，本文稿在广东广播电视台《文化珠江》栏目播出。结集有修改。

祈福・蔡秋川

赴春之约

南风暖窗，万物复苏；熙熙攘攘，皆为春来。

又是一年芳草绿。广州北郊一带的人们，尤其喜欢流连于红山村原生态的春景里赏花、拍照；春泉沉积着的黄沙蚬成了孩子们争相打捞的宝贝；小贩声声叫卖新鲜的春笋，刚成熟的番石榴鲜嫩欲滴；一碗碗冰凉的豆腐花、热气腾腾的牛杂、甜糯的钵仔糕，都是引得踏春人潮驻足的佳品……

外面的世界或许精彩、热闹得迷人，但家乡的方向，从来都是游子记忆深处最美的凝望。旅居美国多年的华侨曹树堃，如今已是蜚声海内外的著名提琴制作家。异国文化或许会改变这位游子的生活习惯，但泯灭不了他崇敬先祖的中国传统观念。与往年一样，曹树堃此行回国，正是要赶在清明节来拜祭先祖父和先父。

在驶往墓园的车上，一幕幕往事在曹树堃脑海中浮现："我从小在广州长大。我记得小时候，爷爷常常在我面前拉二胡、弹秦琴；

后来到我父亲，爱好更甚，他是有专业水平的民乐手。可以说，我早年受到了很好的音乐熏陶，这个是我非常感恩的。"

望向车窗外，曹树堃不自觉地搓着手，继续陷入回忆："祭祖是我们中国人的一个优良传统。在我很小的时候，每年都由我爷爷带齐亲戚，拜祭爷爷的爷爷，延续扫墓的传统，一直传到我这一代。现在我虽然移民去了美国，但是自1989年回国投资设厂创业，做小提琴，无论事情再多、工作再忙，每逢清明，我总会从美国回来拜祭先人。"

清明时节，天气灰蒙蒙的，空气中弥漫着一股凝重的气息，令人肃静。成片苍绿的松柏守护着墓园，只有几簇盛开的小花点缀其中，为这个沉寂的世界带来一丝活力。曹树堃与亲友缓缓拾级而上，穿过林立的墓碑，来到了自家祖先墓前，虔诚地拜了几拜，恭恭敬敬放下怀里的祭祀花束和沉甸甸的果篮。或许是久居异国的缘故，此时曹树堃有种近乡情怯的复杂心理。昔日的情景再现，触目伤怀。他久久伫立着，缄默着，良久，总算开了口："海外名扬制琴人，故园归来倍感恩；清明时节祭父祖，一曲思乡动先魂。我用亲手制作的小提琴来献上一首《思乡曲》，表达自己离乡几十年一直不忘先祖的思念之情，但愿你们泉下有知……"

曹树堃调好琴的音准，轻轻地把右手的弓置于弦上，合起双眼。悠扬婉转的小提琴旋律流水般倾泻而出，在空旷的墓园上空扩散，把后人内心的缅怀之情传达给在天有灵的先祖。泛红的眼眶因禁不住动情的清明之雨，闪闪泪光中，一曲终了，曹树堃向先人的墓碑深深鞠了一躬，以示诚挚和恭敬。

有人漂泊半生，念念不忘生命轨迹的起点；有人扎根于生养自己的土地，却响应祖先的感召，到远方去追根溯源。

南海平地村的黄氏家族，在漫长的历史演变中，经历了繁杂的人世翻覆，其祖辈一度从浙江移居江西，再经韶关南雄，辗转迁到现在居住的南海平地村。中国人认祖归宗的本能将黄氏族人凝结到一起，他们决定顺着自己姓氏的源流，赴遥远的故里，寻找祖先居住过的地方。

"经过八百多年历史，这个地方是否还存在呢？我们也不敢肯定。就是为了还原这一段历史，才要到这地方去看一看，偿我们的夙愿。"多年来，黄先生对此一直心怀执念，于是，十几名黄氏族人苦心酝酿多时，选择在意义非凡的清明节，一同踏上寻根问祖的未知征程。

这支队伍的成员多是年事已高的老人，一千多公里的旅途奔波让他们老迈的身躯有点吃不消，但他们此时仍是满心期待。次日，他们抵达了浙西龙游境内。当他们风尘仆仆地踏足始祖德政公黄适中的故里，便已按捺不住心中激动之情，顾不上吃饭，就迫不及待地奔赴当地史志馆。

史志馆相关工作人员弄清了他们的来意，根据"绍兴八年黄适中"这条唯一的线索，为他们摊开馆藏的一本民国县志，热心地为他们提供了一个思路："你们祠堂那儿有块匾，写着衢阳衍派，那么衢阳衍派，即是说明你们的家族是在衢江北岸繁衍出来的。这样子问题基本上就对得上了,因为衢江之阳嘛,张家埠村就是在衢江之阳。"

黄氏族人闻之,喜形于色,一路心情迫切地赶到张家埠。当实实在在地抚触到这里的一砖一瓦,种种迹象表明他们多年以来的夙愿终究得偿。在回程路上,大家精神抖擞、兴高采烈,甚至有人禁不住哼起歌儿来,车上洋溢着一派欢欣鼓舞的气氛;此时车窗外花明柳翠,春山如笑,幸福荡漾在每张不再年轻却宽慰无比的面庞上。

四月淅沥沥的春雨已过,广东开平的立园一派清幽。而在雕梁画栋掩映中,立园陈旧的碉楼仍凝结着历史的厚重感。漫步其间的两个身影,正是立园真正的主人——81 岁的谢美娟和 73 岁的谢存杰两姐弟。早在六十多年前,年幼的姐弟俩便随父母漂洋过海,移居美国至今。

"因为怀念故乡,近十年间我每年都来的。我对童年的事情多少还有印象——我就是在这栋楼出生的。"眼前这位八旬老太太身体尚且硬朗,虽然专程乘坐十几小时飞机从大洋彼岸回来一趟难免疲惫,但每当回到久违的故土,便又精神焕发。

置身于春意盎然的立园,谢美娟毫不掩饰自己对于春天的喜爱:"我喜欢在春天回来,百花开嘛。这次回来我是有特殊目的的:十年前,政府让我和兄弟姐妹们一起在这里种植一棵红棉树,当时距离今年刚好十年,所以我今年是特意回来赏花的。"

而在美国土生土长的华裔谢存杰,在日夜思乡的父母教导下,能讲一口不甚流利的开平话;但是多年下来,英语已变成了他日常脱口而出的语言。今年立春，他随姐姐谢美娟一起回到阔别多年的立园，感慨良多："我从小就在美国过着挺不错的生活。多年来，在我成长过程中，父母经常跟我提起家乡的一些事物，可惜那时候我并没怎么仔细听，现在我终于在这里目睹这些景象了。后来，当我有了自己的孩子，我才开始明白，当年我带着母亲回乡寻根的那趟旅程，对她来说是非常重要的。"

游子走得愈远，乡愁收得愈紧。当游子两鬓斑白了、步履疲乏了，心尖上，也就勒出了最深的痕。两位韶华不再的老人，在偌大的立园缓缓地走走停停，不时指认着眼前物是人非的故居，恍如白驹过隙，一切早已不复当年，但这里遗存至今的每一棵老树、每一级台阶，都承载着朝来暮去的岁月变迁。或许是受到乡情的触动，和姐姐聊着聊着，谢存杰竟不自觉地讲起了开平话，带着几分生涩，却又倍感亲切。

除了视觉、听觉，味觉也是抽象的乡情重要的组成部分。谢美娟和谢存杰每次回到开平立园，一定会尝尝当地的特色菜。在吃惯了汉堡、沙拉的姐弟俩看来，眼前几碟并不昂贵的马冈鹅肉、上汤西洋菜、炒豆芽苗已是莫大的味觉享受。这些出自家乡的春季时令菜，每一口的咀嚼都在姐弟俩舌尖留下挥之不去的味蕾记忆，点滴慰藉着背井离乡的游子心。

春的意趣，涵盖了中华民族文化中人们对宗亲理念的回归，以及慎终追远的感伤情怀，也正因如此，才有了清明节不忘饮水思源、供奉先祖的传统习俗，以及不远千里、不惜一切地追根溯源的民间佳话；与此同时，还融合了偕同亲友探胜游赏的一派清新明丽的动人景象。

岁月清浅，时光正好，生命的底色因春光普照而明媚。当时间的注脚落在诗情画意中，我愿邀你共赴一场春天的约会！

记"德基金"第35期艺术支教活动

身为一名记者,我的足迹遍及祖国的名山大川,收获了许多美好的回忆。令我印象尤为深刻的是,早在几年前,为了参与企业家陈宇先生创立的"德基金"所筹办的第35期艺术支教活动,我随同乡村小学艺术支教团的志愿者们(俗称"德先生"),远赴云南省双柏县安龙堡乡说全小学,和当地的学生们共度了五个难忘的日夜——这可真是一种别样的体验!

出发当天,我在机场与素昧平生的"德基金"志愿者们匆匆碰面,大家各推着一车沉甸甸的行李,心情却轻松愉快。一张张朝气蓬勃的面庞,就像传说中云南三月份绽放的马缨花,充满活力。直到当晚在双柏县的饭席上用餐时,大家轮流作自我介绍,我才发现,这些志愿者们来自五湖四海——南至海南省,北至黑龙江。他们当中不乏在校大学生、教师、画家、作家、媒体工作者等社会各领域的热心人,经过"德基金"层层选拔成为德先生。而驱使他们不辞劳苦、不计报酬地奔赴云南乡村小学支教的，正是"积小善，成茂德"的信念。

大巴在崎岖的山路上颠簸了几个小时，我们一行人终于赶在入夜之前抵达安龙堡乡大山深处的说全小学。正值黄昏时分，孩子们放学后在走廊里嬉闹。见到校长带来一群身穿一袭红衣的德先生，顿时兴奋起来，乌溜溜的大眼睛好奇地观察着初来乍到的德先生们。进入办公室后，我们从沉重的行李箱和包裹中掏出一件件不远千里为孩子们捎来的捐赠物资，其中不乏各类图书、学习用品以及一批体育器材。

很快，支教课程表被分发到每一位德先生手中。我细看了一下，内容涵盖美术课、故事课、音乐律动课等各式各样的艺术课程，可谓"营养丰富"呀。按照次日紧凑的课程安排，经过简短会议，德先生们回到宿舍，稍作整顿后，很快进入了状态：大家在早已备好的教案上圈圈点点，不断完善课堂教学内容；一旁默默用文字作记录的我，当即感到有一腔滚烫的热血在心头涌动……

说全小学的硬件设施相对完备，但是由于城乡教育资源分配不均，在读的128名彝族小学生只有6名专职老师授课，相当于一名老师负责教一个年级，并且独自包揽全部课程，身兼数职，非常辛苦。由于学校离家远，学生们大多寄宿在学校，每隔两周走上好几个小时崎岖的山路回家一趟，尽管他们是那么年少！

孩子们对大山外的世界很陌生，他们无法想象大都市的灯红酒绿。父母普遍没受过高等教育，日常亲子相处的方式比较单调，直接导致了孩子不善言辞。刚开始，面对热情友好的德先生，他们怯生生地一声不吭，一堂课循循善诱下来，师生之间也没有产生任何互动。一整天就这么"不明不白"地过去了，德先生们回到办公室，难掩一脸沮丧，他们对孩子们的沉默感到无奈，对自身的能力也产生了怀疑。较年长的德先生蒋悦老师分析道：这里的学生由于成长环境的局限，所形成的心理封闭不是一天两天能打破的，我们得营造一种让他们能加入进来的氛围，让他们逐步认可自己，树立起自信心；眼下最重要的是付出足够的耐心，不可操之过急。

第二天，几位课时有空档的德先生溜进蒋悦老师任教的版画课堂观摩，不料竟看到了另一番光景。孩子们在蒋老师循循引导下，以"我的左手"为创作主题，十分投入地在特制的硬纸板上描摹出自己左手的轮廓，然后与身旁的同学们比较谁画得像。彩笔在纸板上欢快地"蹭痒"，笔下的线条如此率真且富有想象力，折射出孩子们灵动的童心。刷上油墨后，经过小滚轮的滚动，纸板上的凹凸图案被印到了另一张白纸上，作品完成了！孩子们兴高采烈，毕竟在这之前，他们简直不敢相信，一件完整的版画作品竟出自自己的双手！艺术创作的成功给了他们莫大的鼓舞。在德先生课下举办的"我们的版画"作品展中，孩子们的自我认同感被初步建立起来了。接下来的教学活动中，德先生们发现孩子们明显变得积极主动了。也许，正是通过打造一个让孩子们得以全身心参与进来的平台，让他们展现出属于自己的闪光点，师生间才会碰撞出火花。这是德先生们获得的可贵经验。

自此之后，支教期间的每个晚上，德先生们都会在教学总结会上分享孩子们可喜的变化，针对一些眼下客观存在的教学问题进行深入探讨，交换心得。有时候直到深夜，办公室的灯火还为认真备课的德先生们亮着，"它温暖了多少人的心啊！"一位当地教师含泪感慨道。

早在来到说全小学之前，蒋悦老师就已萌生了一个念头：在校园一堵空白墙上绘制一幅墙画，作为送给孩子们的礼物。这个想法得到了大家的一致支持。于是通过"标语快到墙上来"的公开征集活动，大家投票选出了一条活泼又符合孩子年龄特征的标语——"我们很可爱"，副标题则是"爱蓝天，爱大地，爱生活，爱老师，爱同学，爱家乡"。主笔蒋悦老师负责在标语周围画上14个穿戴云南少数民族服饰的小孩儿。

由于墙画尺幅很大，几乎占了一整面白墙壁，我和两位德先生就站在用课桌椅搭架而成的两米多高处，手握颜料瓶，一笔一画勾轮廓、填色彩。当我动作幅度较大时，垒得高高的桌椅便微微晃动，使我心惊胆战，生怕自己一不留神摔了下去。可是每当听到路过的孩子们对墙壁的变化所发出的由衷赞叹之声，我心中暗想：自己好歹可是个"先生"啊，总不能在小孩子面前丢脸吧？于是又鼓足了勇气，攀高爬低，佯装轻松地继续涂涂画画。

骄阳暴晒，蒸发不了我们的热情，甚至有越来越多感兴趣的过路人加入到墙绘团队中来，为这项"工程"各施其才：心思缜密的负责勾边，色感敏锐的涂抹颜料，创意十足的添加细节……三天后，墙画如期完成了！上前围观的孩子们团团簇拥着德先生们，欢欣不已，对这份远方来客赠予他们的独一无二的"礼物"总看也看不够，一双双清澈明亮的眼眸在阳光下闪耀着光彩。此时，在我看来，墙绘标题所绘的五个大字——"我们很可爱"——是这般贴切！

在安龙堡乡，学生们基本上能完成九年义务教育的学业，中考上线率却仅为61%，能顺利念完高中并最终考上大学继续深造的更是凤毛麟角。出于记者的职业敏感性，我渴望走近他们的生活。于是，在校长引领下，我来到了说全小学六年级女生施楠艳家中。

13岁的她，相比起城市里的女孩子，略显瘦弱单薄；她话不多，不时腼腆地笑笑。我尝试跟她轻松地聊天，问问她一些日常生活琐事，施楠艳却始终略带羞涩地低头搓着衣角。良久，才支支吾吾地挤出一句半句话来。一旁施楠艳的父亲坦言，自家世代以制蔗糖为业；上一辈人没怎么读过书，如今希望孩子能走出大山，看看外面的世界，不要再过自己这辈人的生活。当我追问"您指的是这辈人怎样的生活？"时，他茫然地把目光投向别处，再不吭声了。我也随之沉默了片刻。

看着施楠艳枯黄的马尾辫子，我不禁联想起了城里孩子从小就能言会道的伶俐模样，那得是优渥的家境滋养出来的孩子呀！至少他们不需要每隔两周花上好几个小时，冒着危险翻越险峻的山路，往返家与校园，仅仅是为了基本的求学；他们随时可以借助各种充满趣味的书籍开阔视野，日常更是方方面面享受着学校为他们提供的优质学习资源——这些或许是身居大山深处的"施楠艳们"做梦都想象不到的。诚然，不公的现状是城乡教育资源分配差异大所导致。大部分生长在偏远地区的孩子们知识的匮乏、见识的短浅、性格的内向，不是靠单纯的财物捐助就可以在朝夕间解决的。而德先生们通过支教这项意义深远的公益活动，致力于提高乡村小学生们的文化艺术素养，进而为助推当地教育事业的发展尽一分绵力。

眼前的施楠艳父女俩，正是边远落后地区人们的缩影。近年来，"德基金"通过设立在全国各地多个支教点的反馈，了解到山村孩子们艰难困苦的处境，从而大力呼吁社会各界弘扬公众慈善精神，只要躬体力行，哪怕是星星之火，也有望成燎原之势。

此行最后一个上午，在文艺汇报演出上，刚从广州风尘仆仆赶来的陈宇先生，以及蒋悦老师、孙金龙老师，面对128张稚嫩的面孔，情真意切地表达着自己内心对孩子们深切的爱与期望，言辞是那么真挚，仿佛是和小孩子们同辈的大孩子。随后，德先生们分别带领着学校六个年级各班的孩子们上台表演。令人刮目相看的是，孩子们经过几天排练，表演起来竟像模像样。他们的状态比起德先生们刚来那会儿不可同日而语，大方、阳光，活脱脱就是一株株苗壮成长的绿苗，让人倍感欣慰。

表演结束后，德先生主持人李冉作最后致辞。说着说着，她竟真情流露地当场哽咽了。孩子们敏感地意识到了离别在即，操场顿时静寂下来，很快传来孩子们成片低低的抽泣声，他们依依不舍啊！连陈宇先生这样阅历丰富的企业家也动容了，背过身去悄然抹泪。我的目光在六年级的孩子们中搜寻到施楠艳，她也在低头啜泣。于是，我走过去紧紧拥抱着她和旁边两名小女生，在她们耳边低语道："姐姐很喜欢你们，你们很棒……"就这样，我们彼此依偎着，久久不愿分开。

这趟为期五天的云南支教之行，说长不长，仅仅将近一个礼拜；说短也不短，我们与孩子们一起经历过最初的尴尬、熟悉后的欢笑、互相学习的充实……而最后的离别，也正是我们要教会孩子的最后一课：学会面对，学会关怀，牢记生活中每一份感动与每一分收获，带着老师们热切的期望与美好的祝福，走好人生的每一步。

"德基金"第35期云南说全小学的支教活动匆匆结束了。坐在驶出大山的中巴里，我拆开了施楠艳刚才偷偷塞给我的信封——是一幅巴掌大的小画，稚拙的笔触描绘的是云南大山特有的马缨花，旁边还歪歪扭扭地写着"姐姐不要忘记我哦"，我扑哧一笑，又不禁涕泪交加。

望向窗外，蓦然发现施楠艳竟就在说全小学后山向我奋力挥手，我下意识地大喊一声"楠艳加油！"车子便疾驰而过了。突然，就在大山陡壁上，我惊喜地发现了怒放的马缨花——那么红，那么绚烂，和施楠艳画的一模一样！也许冥冥中自有缘分的牵引，那一刻，我在心里默默许下了愿：孩子们，好好成长，来年马缨花开时，但愿我们能再次相见！

2022年8月10日，此文发表于网易"网易号"。

流花湖印象·蔡秋川

延伸的地平线

——广州美术学院喜迎 70 周年校庆

众所周知，从美院学生成长为艺术家，要走一条荆棘丛生的艰难道路；而最终能成为颇具影响力的杰出艺术家的，更是凤毛麟角。然而，在广州美术学院建校以来的 70 年里，凭着开拓精神和创新理念，涌现了一大批声名远扬的艺术大家，诸如关山月、黎雄才、杨之光、胡一川、王肇民、梁明诚、尹定邦、谢楚余、郭润文等名师长期留校任教，桃李满天下；陈衍宁、关则驹、涂志伟、汤小铭、林墉、韩子定等一众校友，也成为知名画家或设计师，成就斐然。这里头，离不开母校广美的悉心栽培所赋予他们的过硬实力与底气。

呵，温暖的广州，温暖的广美！这是中国艺术版图上一处无可替代的、独特的存在。2023 年 11 月 19 日，适逢广美喜迎 70 周年校庆，一场以"七秩风华，惟实励新"为主题的盛大庆典，吸引了近 2 万名广美各届校友、全国高校主要负责人和艺术界名家齐聚校园，各个院系纷纷举办迎校友"回家"的交流活动,师生们欢聚一堂,共同庆祝这个属于他们的节日。

韶光流转,盛事如约,整个广美大学城校区喜气洋洋。置身其中,你会处处感受到"美"的内蕴和外延。在浑厚大气的"广美红"建筑群不远处,中心湖漂浮着成片印有校庆标志的小红伞,在冬日暖阳照耀下,映衬着粼粼波光,鲜艳夺目,十分可爱;透过湖畔别致的露天咖啡馆,可以看到校友们怡然消遣的身影;雕塑系的红棕色高墙外围,琳琅满目的雕塑和陶瓷作品情态盎然,总能吸引过路人放慢脚步,驻足欣赏;而闻名校内外的天台涂鸦,路灯柱子上张贴的自创海报,还有校道旁榕树边突然"跳"进视野的艺术品,更是彰显了广美人"好玩、敢玩"的灵魂标签。漫步在洋溢着艺术气息的"园中园"和"园外园",广美自由、兼容的精神底蕴也会慢慢地渗入骨子里……

有人说:"美院学生不是教出来、学出来的,而是熏陶出来的。"是的,一如中国"南大门"——广州一贯的格调,广州美术学院作为中国华南地区唯一一所高等美术学府,从来都是一个包容性很强的地方。其得天独厚的地域特色和文化土壤,赋予了学子们开放的胸怀与格局。他们从母校广美起步,踏实地往前迈进,脚下,是向着发展机遇无限延伸的地平线。

校庆当日,广州美术学院邀请了10位知名校友重返母校,出席校友分享会,与台下师生交流他们求学的心路历程以及对艺术探索的感悟。在宽畅和谐的氛围里,他们激情"开麦",侃侃而谈,提及了"艺二代"、教育教学、个性化艺术、人工智能等当下热门话题，涉猎甚广，既反映了他们对当今社会的多维关注和深刻思考，也体现了从广州美术学院走出来的莘莘学子，不仅仅是手头技艺纯熟的专职艺术家，更是立足现实、勇于肩负时代重任的"弄潮儿"。尽管一晃毕业多年，他们在各自的发展领域取得了相当"彪悍"的成绩，但在谈笑风生中，每每提及亲爱的母校，他们的眼里总是熠熠生光。

常言道：搞艺术的，个个都有着有趣的灵魂。此言非虚。广美充满传奇色彩的著名油画家、哲学"大咖"李正天教授，此时正坐在台下，长袍依旧，长须冉冉，戴着一副圆角方框眼镜，饱含故事的双眼流露出深邃的光芒，他常被学生们私下调侃形象酷似齐白石。他被公认为广美"最会画画的哲学家"。据台上嘉宾、广美设计系校友韩子定追忆：当年有一回，李正天跟老婆吵架后，一气之下竟跑到弟子韩子定的宿舍睡了两宿。曾任广东高尔夫频道有限公司CEO，现为白马广告创建人的韩子定，早已闯出了事业的一片天，但他始终忘不了求学阶段里的这么一桩小事，忘不了这位广美老先生的真性情，以及美院师生间关系之融洽。

"艺术'并不好教'。"在分享会现场，广美艺术与人文学院院长胡斌坦言："很多艺术家之所以获得大成长、大发展，往往受益于上学期间宽松的学习氛围，和教师适度的'放手'。"

"母亲常向我提起在中南美专（广美的前身）的求学时光。"大会上，2001届装饰艺术设计系毕业生曹斐深情地说道。曹斐来自一个艺术家庭，她的父母是广美雕塑系曹崇恩教授和广美附中廖慧兰教师，从小到大，"艺二代"的身份给足了她满满的自豪感。如今在中央美术学院任职客座教授、研究生导师的曹斐，活跃于国际当代艺术舞台，她不忘饮水思源："也许是对父母、对原生艺术家庭、对母校广州美术学院的一种传承与延续，我会珍惜母校传承下来的宝贵艺术传统，也期待母校在丰富多元的时代背景下打破学科专业壁垒，培养出更具创意、实践能力、实验精神和人文关怀的艺术人才。"

携创作团队揽下11项全球设计大奖的深圳市郑中设计股份有限公司董事长、广美环境艺术设计系校友郑忠，则分享了他从业多年的经验："不应该将艺术设计和商业对立起来，平衡好两者之间的关系，才能真正实现个人价值，为社会做出贡献。"毕业三十余载的他，提及师友们的培育之恩、同窗之情，不胜感慨："人一生的经历很曲折而奇妙，什么时候跟谁在一起，这是非常关键的。"

此时，我兜里手机一震，原来是老同学发来的短信，催促我回"娘家"油画系拍合照。当得知我在听校友分享会后，她诙谐地调侃道："你还是那么学术。"见字，我按捺不住欢欣与期待，悄然离开会场，迫不及待地奋力朝着广美E栋7楼油画系一溜小跑，双肩包里半满的水瓶随之"咣咣"作响，似乎在呼应我内心的雀跃。

人生一大快事，莫过于故人相见。阔别十年，当初窝在同一工作室作画的那几个吊儿郎当、不修边幅的哥们儿，眼下年过而立，身材已略显富态，腆着微凸的啤酒肚，头发梳得油光锃亮，颇有绅士风度地主动向我握手，神色中多了沉稳，少了不羁。有的甚至拖家带口前来参加此次校庆活动，一手牵着孩子，一手携着伴侣，令我在恍惚中骤感光阴荏苒。经历了重逢时短暂的陌生后，我仍能从记忆深处辨出昔日同窗们熟悉的举手投足，毕竟四年大学本科生涯，最是风华正茂的年纪，彼此间那种潜藏心底、难以言表的亲切感是始终不曾褪色的。

怀着抚今追昔的复杂心情，走进从前在油画系上课的顶层天光画室，画框和余料干结的调色盘随处可见，大大小小的油画、素描习作凌乱地布满了整个画室，这都是学弟学妹们进行艺术探索和实验的半成品。我凑近细看一番，大多画得颇有张力——不愧是美院学子。

路过洗手间时，我不觉往里头一瞥，多么熟悉的洗手槽呀！曾经和同学们课下洗刷颜料盘和油画笔的情景历历在目，勾起了五彩斑斓的记忆……

回溯在广美求学的时光，身边不乏成天埋头沉迷于画画的艺术家式"痴人"；也有不少专业水平不赖，且渴望早日投身社会实践的同学，一到周末往往不见人影儿，跑去艺考培训机构当起了助教；更有一些人干脆课后接油画订单，为客户绘制肖像，"炒更"赚外快去了。

这儿，也曾是临近毕业季，同学们不分昼夜搞创作的地方。想当年，我们在各自的画架前画累了倒头就睡，醒来又画。一宿下来，四个人共喝了十几罐红牛。那是一段充实而饱满的青春年华，值得收纳进心坎里，反复玩味一辈子。相信到老了，我仍会清晰地记得，油画系工作室那扑鼻而来的松节油和油画颜料味儿。或许，我所怀恋的，不仅仅是工作室特有的味道，更是那曾在里头挥洒激情、孜孜求艺的"我们"。

广美并没有多大，容不下所有的艺术梦想与情怀，但容得下每一段为艺术奋斗的峥嵘岁月，容得下每一段同窗友谊。在十年之后的今天，我们从四面八方如约而至，因友情的力量相聚在一起，重温昔日的喜乐，再现昔日的笑容，见证对方从莽撞青年蜕变为成熟的中年"社会人"，真实地感知到了彼此的成长、收获与责任。虽然阔别已久，可当大家重聚在一起，还是让我有种刚下课的错觉。那是一种牵扯不断的情感，总在不经意间，流露出触人心扉的感动。让一些人相见，让一些人怀念，让一些人期望，这大概就是回母校的意义吧。

弦歌不辍，一脉相承。对于广州美术学院来说，把握时代脉搏、关注社会需求，已深深镌刻在大学蓬勃向上的先锋文化基因里。"潮平两岸阔，风正一帆悬"，走过70载风雨历程的广美，正擘画着锦绣新篇章，继续扬帆远行——驶向承载无限可能的美好未来！

古城小巷悠悠·蔡秋川

出走·归来

2018年9月15日下午，和煦的阳光为深圳涂上一抹清亮的淡色。此时，隐于闹市的何香凝美术馆离正式开馆尚有一段时间，门外已活跃着不同年龄层人的身影：有装扮时尚的青少年、庄重沉稳的长者以及张扬前卫的艺术家等。从他们不时探头张望的热切劲儿，可以想见他们的满心期待。

原来，眼前这场以"别处/此在"为主题的海外华人艺术抽样展览，是在国务院侨务办公室的支持下，跨越四十载春秋，聚焦三代海外华人艺术家的高门槛展览。这场展览由中央美术学院教授王璜生带领专业研究小组，经过长达一年的调查挖掘、采访对话与学术研究，精心筹备，今天才终于以一种饱满自信的姿态在公众面前开幕亮相。该展览为观众们展示了18位海外华人艺术家那跨度长达40年的移居、学习和创作历程，以及在全球化发展趋势的当下所表现出的个性化的作为，旨在为海内外华人艺术家提供一个展示的空间，以及当代艺术创作理论交流的平台。

本次展览的策划人——王璜生，是中国当代艺术界策展活动的掌舵人。能够进入这位金牌策展人"法眼"的展览选题，无疑有其特殊的价值。该展览的主题"别处／此在"，是指参展艺术家们生活在一个"永别故乡"，他们永远置身于与周围环境"同与不同"之间的关系中，这是所谓"别处"；至于"此在"，更多强调的则是每位艺术家、每个群体、每代人，对艺术的创作也好，各自在社会上所作出的努力也好，都成为其自身存在的意义。

普遍来说，人与人之间的相识相知，免不了涉及国度、身份和背景等因素。而艺术家的创作则可以跨越特定文化的条条框框，与受众神交。展览开幕当天，何香凝艺术馆迎来了平时少有的观展人潮。其中一位观众坦言："虽然我没有见过这个艺术家，但是看着他的作品，就可以感知到他内心想要表达的东西。这个可能就是来美术馆的意义吧！"

展厅显眼的位置上，立着几个高低错落的素白色长方体柜子，一件造型大方简洁、轮廓线条流畅圆润的木雕放置其上，蕴含木材朴实的质感和纹理的自然美。作品的形体似是一名裸露着丰腴肉体的女子抱膝蜷缩在那里，纯粹地呈现一个结发髻的头、一条胳臂和一条腿，简朴的造型富于荒诞变异的感官之美和高度升华的抽象性。

该作品的作者王克平是知名的"星星画会"的发起人之一，于1984年远赴法国发展，几十年来一直以雕刻为生。如今，现场几乎没人认出这位胡子花白的老者就是当年意气风发地高呼"艺术要自由"的前卫艺术家了。尽管旅居海外多年，但他对中国艺术生态的变化仍非常敏感："现在很多人刻意在作品里加入一些中国的符号，我觉得没有必要，独特的创造就是最好的。艺术是多样的，谁都是自由的。我做艺术那时说是40岁、50岁都是老朽了，那现在我70岁了。年轻人可能也说着，你这个太落伍了，现在都是搞装置，你这个又没有观念啊，说我这个很保守。你很难说哪个好，哪个不好，艺术只要是独特的，就登峰造极了。"王克平声称："我是中国艺术家，我做我自己的艺术；中国的文化融化在我的血液之中，不需要把血涂在脸上。"

与王克平同辈的参展艺术家奚建军，当年同样被强大的时代使命感推上了艺术实验的舞台。他走出国门后，也融入了大环境，在国际艺术大潮里确立了自己的位置，然而，中国文化底蕴仍熔铸于他的骨髓里。在这次展览中，奚建军的装置作品《通天塔》则以寓言故事和文化符号为载体，试图重塑一座记载当今社会生活和人类经验的"通天塔"。

奚建军解说道："这个'通天塔'说来很简单，就是基督教徒们想盖一个塔，跟上帝拉近距离，然后寻求荣华富贵；可恰恰因为语言不通，导致大家相互不团结，没法盖，盖了一半就扔在那了。而我现在就是要把它继续盖下去——我现在展示的只是完成的过程。"这件作品具有较强的演绎性，蕴含了中国跟国际的交流，恰如通天塔的隐喻：由于文化背景的冲突，人们很难共同建构成一个理想的所谓通天塔。

当第一代迁移者可能因为自身身份问题的流变性，而承受着某种程度的不适感时，那些出生并定居于海外的第二代华人艺术家，已在上一辈努力维系的中国文化熏染中长大，但在精神世界中，"身份"这个命题依然含糊不清地残存着。就在美术馆二楼展厅，一个被作者谭嘉文取名为《哑行者的亭子》的装置作品，以其中国风的结构和异国情调的珍奇屋形式，吸引了现场不少观众的眼球。

这件作品，取材于中国首次参加的世界博览会。当时，世界博览会上有个中国亭，亭里放置了一些跟中国符号有关的物品，无论是新的或旧的，外国人一看，都觉得那是中国古董，似乎外国人对中国文化的理解总是停留在这样一些刻板化的东西上面。

身为久居加拿大的"海二代"，谭嘉文已经完全不会讲普通话了。她表示，自己是中国人，在中国家庭成长；而在加拿大，作为当地的"少数民族"，做个艺术家很难得到认可。但她一直关注中国文化在西方历史和当下语境中是如何被解读的。在她看来，自己的作品关乎文化阐述与交流，多元、混合主义建构成了她实践和创作的支柱。

对于更年轻一代的艺术家，他们从出生开始，就处于一个新的世界格局关系当中，更容易接纳不同的意识、文化在冲突过程中所产生的异同。他们没有特别强调自身的身份问题、种族问题，在创作方面，可以更熟练自如地使用各式各样的媒介剂和技术方式，显现出更具活力的情感。理工科出身的艺术家梁智鹏的参展作品就是一个典型的样本。

梁智鹏比较注重自己的艺术作品跟机械、力学和声学之间的关系。这次他带来的作品叫《0.1赫兹》：每个鼓膜大概每10秒动一下，产生一个空气波动，因此，它实质上是个音乐作品；可它不是给人们耳朵听的音乐，而是试图带给人们一种体感的律动。它很精妙，需要观众非常专注地闭上眼睛站在下面，去感觉那种气压的变化，才能体会到这个作品表达的深层内涵。

正如1980年左右出生，而后走出国门的艺术家——余晓的展览作品"看不见的绘画"系列中，"个体浪漫主义的狂欢"这一创作主旨被体现得淋漓尽致。观众可以通过那逆转画布正反面而露出内里图案的特殊创作手法，窥见她试图通过不同媒介的表达，挑战观者惯性思维方式的自由不羁。

参展艺术家余晓的作品中常常离不开胶带这一元素。她把胶带直接作为作品的全部内容，而不是其背后隐藏的工具。"标签不标签的这个问题，在我本身的创作当中，从来没有考虑过。我觉得作品是人所有经历的一个大融合；极简的东西、抽象的东西，乱七八糟，皆在其中找到一种融合。"面对一些"看不懂"的观众，余晓侃侃而谈。

实际上，所谓的"身份问题"，在不同代际的语境当中，是社会现场的问题。像这次受邀的"海三代"艺术家梁志鹏、余晓，认为自身就是一个文化的"游牧者"，他们的文化混血性，本身就奠定了他们的"身份问题"；因此，这个展览既是一个"身份"的展览，也是一个"反身份"的展览。

参展艺术家们的家国情怀、人文关怀，往往具有深刻的社会学研究意义，这体现在创作上很有张力，在表达上也有着非常独特的多样性。

1950年生于香港的刘博智，自述在香港"没活路"，于是1969年赴加拿大学习纪实摄影，如今四海为家。在以"华人艺术家"的身份成为这次展览的研究对象之前，他度过了长达50年的摄影生涯，通过影像积累，观察和勾勒了一个更大范围的华人移民群体——生活在古巴的穷苦百姓。

刘博智的摄影作品除了很具力量感，很有视觉效果以外，也反映了海外华人的历史和赤裸裸的现状，他密切关注他们的命运，包括去挖掘他们的精神状态。这次的展出主要挑选了他在古巴所记录的不少当地底层百姓身陷贫困甚至战乱的摄影作品。王璜生从中看出了"一个华人在西方世界的所谓的义气"。

而朴实的刘博智则表示："这只是人和人之间基本的关系，当你看到了，你就要做点事，不做点什么就好像对不起自己一样，而且或多或少也会拉上别人（一起做）。最近这三个月里面，起码有15个人去过古巴——是因为我叫他们这么做。人人响应号召，捐钱、捐物资，方方面面尽力做足，这样我才觉得有意思。当然，摄影前要干吗，摄影后要干吗，要形成连贯的具体衔接，而并不是我们在那里仅仅作为普通游客。"

现场的观众在刘博智展区那挂满整整一堵高墙的纪实摄影作品面前，往往会屏息凝神驻步。那一张张因战乱、贫穷而受困厄的面孔被曝光、放大，从而使这段海外华工承受漫长苦役的不堪历史进入公众视野。那些多元的符号、多义的元素、扭曲的面孔，又再次伴生出超越种族范畴的人文关怀。

如果说刘博智着眼的是一种人本的关切，那么久居德国的华人艺术家任戎，则是把作品的理念投放到全人类赖以生存的自然环境的层面上。他的装置作品《桃花源》，运用废铁为创作原材料，结合自然山水与荷花池塘等造型，加以拼组和焊接，最终以中国古典山水绘画为意境，邀请观众行走其间，借此反思当下工业快速发展所造成的人类生存环境恶化问题。

本次"别处/此在"海外华人艺术抽样展跨度长达40年，前期抽样工作的繁重程度可想而知。专业团队聚焦于三代海外华人艺术家的年龄阶段、社会背景、身份问题等基础上，是以怎样的方式去遴选参展艺术家的呢？

助理策展人沈森直言："在我们更大的样方当中，由国内外的一些批评家、策展人以及相关学者共同提名，从提名名单当中，选取我们认为比较重要的艺术家进行持续观察、追踪、讨论，然后把这个展览还原成非常小的三个研究面相，再围绕这三个面相，对艺术家的创作经历、艺术作品进行追踪，最终呈现出三个不同方向的研究态度和视角。"

在对此次展览深入挖掘、研究的过程中可以感知，这18位来自世界各地的华人艺术家身上，有着一些共通之处，那就是他们对中国文化的密切关注；而生于不同的年代，则奠定了他们不同的成长经历与文化背景。本次展览作出多维度分析,把20世纪80年代改革开放后,中国当代艺术走向世界作为一个代际,将这批参展的艺术家划分为三个板块——"隐匿的记忆""杂驳的情怀""狂欢的游走"。

其中,第一个板块的艺术家年龄偏大,他们的经历跟中国发生的变化联系比较紧密,因此他们的作品不免体现出与中国文化现实有非常强的联系;第二个板块展示的是在海外生长起来的艺术家们的作品,他们对中国的理解与情怀,可能更为庞杂、斑驳;第三个板块中,年轻艺术家们的学识、背景以及经历都不太一样,那么他们可能用更为开放的心态来面对艺术当下的演绎。

艺术家观察无形,倾听无声,经过一次次的自我审视、剖析,将思虑肃清,在美术馆留下精神的轨迹。应有的严谨、细节上的把握、尺度上的控制,造就了作品多元化的形式,从中更是可以体会到作者当下对艺术、历史、政治的理解。

但愿有更多观众在参观这场意义非凡的展览过程中,能够借助从视觉到情感的某种感应,从而诱发自身对现实问题的触动、感知、思考,这才是艺术存在的终极意义。

展览终归会有闭幕的时候,但是,我们不要忘记,在全球化不断演进的当下,在中国的国土之外,有着这么一群生活在世界各地的华人艺术家,无论"出走"的脚步迈得多远,他们身上所烙下的中华文化图腾,都将以时代赋予的思想自由,昭示着"归来"的路。

2018年10月,本文稿在广东广播电视台《文化珠江》栏目播出。结集有修改。

院舍·蔡秋川

我们种植的是菜心，收获的是人生

年尾了，室外气温骤降至零下1摄氏度——这是粤北连州自今年入冬以来最寒冷的一天。

待清晨的太阳翻过村头最高的屋顶，穿越最古老的银杏树，它的第一缕光才豁然揭去菜田朦胧的纱帐：一畦一畦的小菜园里，青翠欲滴的连州菜心在砭人肌骨的霜露滋润下向四处伸展，像是在仰天大笑，那种蓬勃饱满的生命力显得格外动人。

"这就是我们的'连州四号菜心'，可以生吃的！"我身后响起当地"新农人"邓家豪洪亮的声音。只见他一个箭步迈上前来，俯身往田埂里手起刀落地顺势一划拉，熟练地割了一株菜心，递给我尝尝就地生吃的滋味。这是我生平第一次像啃吃甘蔗那样直接生吃菜心梗。或许是天气原因，顿觉入口有种冰凉的爽脆感，像是在吃无渣的冰糖雪梨，又似乎比冰糖雪梨多出一丝回甘和蔬菜特有的草本芬芳，让人回味无穷。

"冬至到，菜心甜。"连州海拔高、阳光充足、昼夜温差大，有利于促进植物体内的物质转化和糖分增加，所以菜心更为清甜；而且，连州菜心由清澈的北江源头山泉水灌溉，没有工业污染；其赖以生长的土壤更是肥沃的黑泥……种菜，在这里占据了方方面面的生态环境优势。

这名当地农妇们的"头儿"，他平日里基本上烟不离手，初次见面很容易给人"小混混"的印象。事实上，他是个相当精干的小伙子，不单有技术，还有创新的思路，并且乐意回到农村来深耕事业。

在邓家豪的印象中，过去连州菜心的品质参差不齐，而且味苦。于是，在连州菜心的品种优化上，他和父亲两代人坚持了三十多年，使连州菜心真正具备了抗寒、抗病的能力，高质量地保障了广东"菜篮子"的供应。随着口味的改善，菜心受到了消费者的欢迎。凭着"不求数量多，但要种出精品来"的培育宗旨，"有高标准，才能够有竞争力"的经营理念，连州菜心在广东一直雄踞青菜链的顶端，笑傲菜市场。

然而，邓家豪父子俩一路走来并非一帆风顺。他们早期经常要亲自去市场摆摊直至大半夜。寒风交加，吹得两人鼻涕都流出来了，红肿的双手长满了冻疮……种种艰辛和不易，用邓家豪的话来说："提起来我都伤心！"

说罢，邓家豪弯腰摸了摸田间脚边的菜心秧子，一抬头，笑言："最大的收获，是别人对我的认可，对我们连州'新农人'的认可。"

凭着从小到大对菜心的感情，邓家豪愣是将这份事业坚持下来了。他表示,连州菜心连着农民的心,连着消费者的心;他要守住"全国菜心看广东,广东菜心看连州"的这块响当当的"金字招牌"。

此时,邓家豪父亲怀抱一把菜心,正从田边的另一头向儿子走来。见到有媒体到来,他忍不住打开了话匣子:"常言种菜靠天吃饭,今年高温阴雨的天气,导致菜心生病、歉收,往年平均产量3500斤/亩,今年只有2500斤/亩,所以最近菜价贵了!很多时候确实是很难的,好在有乡村振兴相关政策的指引和扶持,年关难过年年过!"邓家豪父亲在田地里跺了跺脚,搓了搓手,呼出一口热气,感叹道。

邓家豪和祖辈几代人守着一片菜田长大,从来用不着买别人的菜。自己家中九十多岁的老祖母,一天吃不到自家种植的菜心就会闹别扭。她从一日三餐的菜心中,吃出舒心,吃出健康,吃出长寿。

所谓"种菜如绣花",种菜是细致活儿,认真干起来也挺累人,可在邓家豪看来,照顾蔬菜好比照顾自己的孩子,在精心料理下,见证其茁壮成长,从而乐在其中。正如苏东坡在《菜羹赋》里所说的:"汲幽泉以揉濯,搏露叶与琼根。"人勤地不懒,出一分劳力,就一定能有一分收成。

提及小时候,邓家豪时常看到父亲在一本足有两根手指厚的本子上记录种菜心得,一笔一画皆诚诚恳恳。受到父亲的影响,为了把菜种好,邓家豪常在外面与同行交流、切磋,回来后用心摸索,下田实践。

平日里,邓家豪习惯向田里的农妇"传帮带":"这棵明天长到这里，就可以割了；这棵长势还不行，要留一留。"经过邓家豪常年的"职业培训"，当地从事摘菜的农妇们已习惯了在菜心收获的时节里，结伴踏着朝露，背着菜篮，人手一把小刀，深一脚浅一脚地在田地里"巡逻"，从产量、价格、脆嫩与否来考虑采割哪一片地。看准了菜心的长势——就是它了——手起刀落地一把将菜采割下来，搂入怀中。

割下来的连州菜心一棵就有25～40厘米长，二三两重。只见它们刀口平整，田地里的根基丝毫未被伤及，可见她们的动作是多么干脆利落！

在菜田里劳作的农妇们，身穿偏襟上衣，头戴一顶竹编帽，乍一看普通得不能再普通了，但劳作间不时传来的一串串爽朗的笑声极具"魔性"，有一种莫名的感染力，既陶醉了自己，也点染了季节。

一棵连州菜心的分量，足以支撑连州人的灵魂，并由此使老字号餐饮的精装史书，另起一行。菜心在广东人的餐桌上，进——能独挑大梁，退——可和谐百搭。无论以哪种角色出现，看似小小的菜心，都汇聚了粤菜文化的精气神。在连州人眼里，菜心已远远超出宴席上一道收尾"青菜"的定位。夹一根碧如翡翠的连州菜心入口，细细咀嚼，清冽的甘香味交织入喉。

每天早晨醒来，邓家豪父子俩第一件事依旧是走进菜园，进行田间管理，观察菜心有没有病虫害、缺水或缺肥。立足田畦，放眼望去：上午的菜心还是绿油油的，到了傍晚，向阳的叶茎已呈现一派灿烂的粉碧色,让人感叹自然界真是分秒都处于奇妙的变化中啊!

菜园,是属于自己的一片乐土,也是属于自己的一方舞台。对于邓家父子来说,在菜园里种菜、忙碌,何止是为了结果,更重要的是孕育一种心情。

俯仰间,当那一缕淡淡的菜香悄悄渗入心扉,可以说,种下的是"甜如初恋"的连州菜心,收获的是豁达淡定的人生境界……

2023年12月,本文稿在广东广播电视台《广东名片》栏目播出。结集有修改。

大芬油画村：总有这么一群和梦想较劲的人

坐落于深圳的大芬村，是中国最大的商品油画生产、交易基地，也是全球重要的油画交易集散地之一。这里络绎不绝的顾客来自世界各地，其中不乏零售商、酒店采购员、游客等。可令人感慨的是，被誉为"中国油画第一村"的大芬村，却是一个大量仿制欧洲名画的商品化流水线，而非一个高端文化聚集地。美国《纽约时报》、英国广播公司（BBC）、英国天空新闻台、日本广播协会（NHK）等全球知名媒体，在对大芬油画村的重点报道中，也曾经指出了这个客观存在的事实。

回溯到1989年，一位名叫黄江的香港画商来到大芬村。在这个核心区域面积仅仅0.4平方公里的小村落，借助当时低廉的房租和人工成本，雇人进行油画临摹、复制、收购与销售。到了20世纪90年代后期，随着市场需求的不断扩大，以及大芬村知名度的日益提高，大芬油画的销售开始突破画商收购的单一渠道。许多有商业头脑的画商、画工们纷纷云集此地，他们租用村里的房铺开门设店，面向公众公开售卖画作成品。这一"盛况"逐渐被新闻媒体发现并报道，从此，深圳大芬村被冠上了"油画村"的名号。

走进大芬村交错纵横的巷陌间，临街的房子既是工作坊，又是商铺。一幅幅油画作品挂满了墙壁，散发出鲜活的文艺气息。如果拆掉所有分割空间的隔板，这里恍如画的海洋。宽窄不一的巷道成了画工们作画谋生的阵地。

平日里，画工们各自为营，手持平板电脑或纸质摹本，一笔一眼对照仿制梵高、塞尚和伦勃朗等艺术大师的名作，每天重复着一成不变的工作。他们经常一坐就是一整天，相当卖力。在南方闷热的夏日里，许多农民工出身的画工赤膊上阵，坐在巷子随处可见、色迹斑斓的油画布框前挥汗如雨；到了干冷的冬天，便躲进空间逼仄的工作坊内，半掩着挡风的门，孜孜不倦地坚持作画，全神贯注，废寝忘食，仿佛着了迷。只有画工们知道，大芬村——这个号称"底层画家的天堂"的城中村，洒着他们多少辛勤的汗水。

在大芬村，制作一幅仿制作品，需要画工耗时几天至几个星期。大多数画作都出自流水线。由于每个画工有各自擅长的技艺，这里的作画模式经过长时间的"演变"，变得特立独行，一幅作品往往由好几位画工合作而成。例如，一个人负责铺底色，一个人负责画主体，一个人负责涂背景……各司其职，相互配合，大大提高了效率。经年累月机械化般凭借肌肉记忆作画，使得他们对画面每一处细节都烂熟于心，哪怕是闭着眼睛，也能分毫不差地"默"出来。

经过对油画大师作品的临摹，画工们笔下的画作色泽熠熠生辉。完工后，一旦画面颜料干透，便可以将其作为商品对外销售了。然而，在对艺术有着真知灼见的人看来，大芬村画工们临摹所"重现"的画作，即使技法再精湛高超，还原得再准确生动，充其量也只能被称为"订件"，与大师真迹有本质上的天壤之别。一位慕名前来大芬村"掘才"的"伯乐"一语中的："这里缺乏创造力，没有任何艺术细胞。"

然而这又怎么样呢？并不妨碍至今依旧有一些漂泊异乡、谋求温饱的人，赤手空拳地走进大芬村。他们当中部分人在此之前甚至从未拿起过画笔，从未听说过油画，从未了解过艺术为何物……但他们在"人总要养家糊口"的现实面前，用临摹这种方式，在艺术与谋生之间搭建起一座桥梁，使这两者安然过渡。

近年来，随着大芬村渐渐转型升级，不少留下来坚守阵地的画工，凭借自身多年来练就的作画技巧，以及艺术审美的"脱胎换骨"，开始跳出临摹的框架，尝试谱写"用原创表达自我"的崭新乐章。可以预见，属于深圳的城市艺术力量，正以大芬村为发端，悄然崛起。

我们无法定义艺术，毕竟它是多元文化的产物。世上只要有艺术，就有市场生存的空间。而在深圳，一个日新月异的城市里，有着这么一群和梦想较劲的人，他们在烟火人间中寻得大芬村一隅安身，并在这里获得了谋生的技艺与逐梦的权利。这一切，让你一旦目睹，便深深感动……

2022年1月14日，发表于广东广播电视台"触电新闻"媒体平台。

阳西极致美味指南

地处南海之滨的粤西农业大县——阳西县,依托山海兼优、物产丰饶的自然资源禀赋,借助"大国农匠"的技术支撑,一年四季瓜果飘香、鱼肥粮丰。人们勤勤恳恳地耕田牧海,从田间、海洋到餐桌,打造出一张张亮眼的阳西美食"名片"。这不仅是寻味阳西的最佳指南,更激活了当地农产品的"流量"密码,闯出了一条"阳西味道"的品牌化之路。

上洋西瓜"顶呱呱"

春末,踏入阳西上洋镇的西瓜种植基地,放眼望去,成片瓜地被郁郁葱葱的茎叶铺满,一个个圆溜溜的西瓜披着翠绿色的外衣,掩映于藤蔓之间;个头大小均匀,表皮分布着脉络清晰的花纹,外表十分讨喜。

作为阳江市阳西县上洋镇的特色农产品,黑美人系列、甜王系列、黄玉姬、甘美4K、锦霞等优良品种,生长力强,坐果率高,素以"瓜肉鲜红少核、皮薄水多无渣"而闻名遐迩,深受"吃瓜群众"们欢迎。

一般的西瓜甜度为11~12度,上洋西瓜的甜度则普遍高达13度。归根结底,这得益于上洋镇三面环山,一面临海,毗邻河北渔港和白沙湾,海风咸湿,光照充足,全年基本没有霜冻的优越地理环境和气候。

当上洋西瓜迎来销售高峰期,瓜农便开始忙碌地进行西瓜采摘、分拣、打包、装车……来回穿梭间,一道道工序紧张而有条不紊,田间地头处处弥漫着丰收的气息,煞是喜人。

随着各个品种的上洋西瓜陆续抢"鲜"上市,每天都有不少游客专程到这里选购上洋西瓜,甚至拿着勺子下瓜田,品尝自己亲手摘下的瓤红汁多的大西瓜,那个滋味呀——倍儿甜!

山海阳西魅"荔"无限

岭南有佳荔,灼灼出红尘。在阳江市阳西县的青山绿水间,荔枝作为水果市场当之无愧的应节"名角"之一,已悄然成熟,裹着晶莹的晨露,累累垂挂枝头;七分嫣红,三分鲜绿,可谓"玉露滋篁千竿滴翠,金阳沐荔万树摇红"。随着夏日交响曲奏响,一场佳"荔"之间的争芳斗艳也就此展开。

品荔枝之妙，正如《荔枝颂》所言："身外是张花红被，轻纱薄锦玉团儿，入口甘美，齿颊留香世上稀。"阳西荔枝果肉丰腴爽脆、莹若凝脂，不禁令人想起那句"世间珍果更无加，玉雪肌肤罩绛纱"。一口咬下去，扎扎实实都是"肉"！

蝉鸣荔红，香飘入鼻。妃子笑、糯米糍、桂味等荔枝品种陆续上市，清甜的滋味让食客大饱口福，丰收的喜悦令阳西果农笑逐颜开；既满足了"吃货"的口腹之欲，也鼓了农户的钱袋子；美了阳西乡村，更甜了百姓生活。

近年来，阳西荔枝产业刮起一股"甜蜜"的风潮：从小农户零散作业，逐步演化成为集约化、精细化、标准化、专业化的合作社种植模式。作为乡村振兴画卷中的一抹亮色，让我们期待阳西荔枝在产业发展赛道上跑出"加速度"。

阳西程村：舌尖上的万丈"蚝"情

生蚝万千，阳西领"鲜"。海产资源丰富的阳西程村镇，有着两百多年的生蚝养殖历史，素有"中国蚝乡"之称。大片蔚蓝海域，无疑成了蚝农们增收致富的"蓝色牧场"。

程村能养殖出肥美的生蚝，与当地独特的地理资源有着莫大的关系。程村镇沿岸红树林连绵1万多亩，水域面积3500公顷，属"布袋"形海湾，湾内风平浪静，水流畅通，咸淡水交汇，水中含氧量高，浮游生物多，是理想的天然养蚝场。

美味又营养的程村蚝，不仅是大海的馈赠，更浸润着一代代程村蚝农的辛勤汗水。他们经长期探索，发展出多种养殖技法：一开始只是借助传统的播石、插柱等方式；后来，采用了工序更为简单的棚架式吊柱养殖法，使程村蚝的亩产量迅速提高，养殖周期也因此缩短了一年。

如今，程村蚝已成为阳西的一大特色产业。许多每天跟蚝筏打交道的程村蚝农，靠着养殖生蚝发家致富，日子越过越红火。谈到养蚝，他们不无骄傲地说："我们程村蚝肉质饱满厚实，是远近闻名的美味海珍！"

生蚝上市的时节，程村街头巷尾的餐馆饭店便忙不迭地张罗蚝宴，吸引了珠三角诸多食客，专程前来品尝赫赫有名的全蚝宴。

在这儿，生蚝的吃法五花八门。诸如金砂裹蚝、盐焗鲜蚝、葱姜炆蚝、铁板烧蚝、鲜蚝煲鸡、蚝煎红心蛋等菜式，各有千秋，色香味俱佳。当你尝遍了炊、炆、烤、煲、焗等烹饪手法，自会发现，当地人所追求的，是充分释放程村蚝的极致风味。

品尝天然鲜蚝的过程，亦不失为一种享受。人手一把小刀，使上点儿巧劲，撬开生蚝的外壳；当蚝壳被轻轻撬开那一刻，洁白爽腻的肉质和鲜美的汁液散发着淡淡的海水气息；咬破蚝肚后，大口吸汁，清甜嫩滑的蚝身稍经咀嚼，瞬间滑入喉咙，让食客大呼过瘾，由衷感叹一句"人间至味"！

2023年12月18日，此文发表于广东广播电视台"触电新闻"媒体平台。结集有修改

潮州同庆里・蔡秋川

细数潮州食客的心头好

闻名遐迩的潮州饮食文化，历经上千年演变和发展，在融香气和口感于一炉的基础上，拥有丰富多彩、精美绝伦的艺术特性，形成了自信而独特的风采，赋予了这座文化名城深厚的底蕴，为我们呈现出一幅幅美轮美奂的味觉画卷，同时也启迪我们去感悟潮州百姓的美食生活哲学。

凤凰单丛茶：潮州人悠长的生活滋味

在潮州民间，家家户户都摆有茶具，当地老百姓可以从早到晚地喝工夫茶，直至"醉茶"方休。所谓"宁可三日无肉，不可一日无茶"——不管天大的事，先喝杯茶再说！

茶以文兴，文以茶扬。可以说，没有一个潮州人离得开工夫茶的浸润。潮州正是工夫茶文化的发祥地，而潮州工夫茶又绕不开凤凰单丛茶。

在群峰竞秀、山峦层叠的凤凰山上，于青山绿水间栽培，在匠心巧技下制作的凤凰单丛茶，独具天然花香，享有"茶中贵族"的美誉。凤凰单丛茶的上佳品质，是在沿用传统工艺的基础上，不断改良、创新、向前迈进，历经一千多年漫长岁月的沉淀而成，凝聚了历代茶农的智慧。

2023年4月，中法两国元首在广州松园进行非正式会晤，临水而坐，观景品茗，他们所喝的，正是潮州凤凰单丛茶。作为潮州一张响当当的金"茗"片，凤凰单丛茶也因此"火出圈"。

杯中天地宽，壶里乾坤大。小小一杯工夫茶，只隔一首诗的距离。寻常日子里，不论嘉会盛宴，还是闲处逸居，乃至豆棚瓜下、担侧摊前，随处可见一幅幅潮州老百姓提壶擎杯、长斟短酌的民间风俗画面。

从端起茶杯开始，在袅袅婷婷的茶汤水汽萦绕间，关公巡城、韩信点兵……21道工序下来，道道有道。推杯换盏中茶水落肚，凤凰单丛茶的幽香，融合浓郁的烟火人间味，承载着潮州人对家乡味道深刻的集体记忆，令人无限沉醉。这也就不难理解，潮州人素来珍惜茶事之约，情谊尽在这茶具水火之中。

竹下清欢有至味，江东鲜笋抢"鲜"尝

竹笋素有"金衣白玉，蔬中一绝"的美誉，历代饕客、文人对竹笋的赞美溢于言表。宋代大文豪苏轼写道："长江绕郭知鱼美，好竹连山觉笋香。"可见，不仅笋本身是美食，品笋也是一桩极富韵味的雅事。

竹笋，是潮州市江东镇最具特色的农副产业名片之一。坐拥山水之美的江东镇，自古便与竹、笋结缘，是近年来远近闻名的产笋宝地。挖笋的过程，是一场和时间的博弈，比的是经验，拼的是手速。双手荷锄的笋农凭借敏锐的观察力，循着竹鞭的走向，上下求索；待找到竹笋的痕迹，拨开土壤，横铲"笋眼"，向上轻撬，伴随着"咔"的一声，嫩绿肥厚的竹笋便破土而出，以应季鲜物的身份，成为笋农增收致富的"宝贝"。

江东岛位处韩江东西溪之间，以适宜竹笋生长的沙质土壤为主。得天独厚的地域优势，使得当地生长的竹笋甘、嫩、松脆，且纤维少，而且当日斩、当日食，讲究一个字——鲜！

小小竹笋，荤素百搭。采用不同的烹调方法——炒、炖、煮、煨、炸、凉拌……能将其做成多种多样的菜式，诸如竹笋汤、炒笋丝、笋粿、笋焖鸭、笋衣炒肉等，林林总总，风味各异，这也是江东"全笋宴"声名远扬的底气所在。品味着江东鲜笋，山野的气息于鼻尖萦绕，清香的味道在齿间回荡，让你的味蕾充分感受到大地苏醒的蓬勃生命力。

潮州牛肉丸：凭什么在中国丸子界称霸

聊起潮州，大家会不约而同想到在中国丸子界称霸的潮州牛肉丸，更有不少人为了吃到地道的牛肉丸而专程跑去潮州游玩。而潮州本地人离乡在外求学或谋生，念念不忘的总是家乡的正宗牛肉丸——他们咀嚼的不仅仅是单纯的丸子，更是魂牵梦绕的故乡情。

在潮州街头常见的汤粉摊，随随便便拉张凳子坐下，向店小二吆喝一声，要上一海碗牛肉丸粿条汤，也就十几块钱，价格亲民，一般老百姓都吃得起。试想一下，在寒风凛冽的冬季，来上一碗热气腾腾的牛肉丸粿条汤，在劲道的粿条和浓郁的汤底衬托下，几颗饱满鲜美的牛肉丸，实属点睛之笔；配上沙茶酱、辣椒酱或蒜泥等调料，"呲"地一口咬下去，弹牙爽脆的口感在舌尖跳跃，牛肉的荤香在唇齿间流连，滋味独到，细嚼慢咽之下，十分过瘾，让你不觉间感受到一股暖意从心底泛起……

潮州牛肉丸，是有品格的牛肉丸。据说，上好的牛肉丸扔在地上能蹦起老高！证明其口感Q弹、韧性十足。而要丸子有弹性，必不能切剁，只能靠老师傅用棒子或者锤子借助巧劲不停敲打，这样肉的纤维才不会被切断，可见每颗正宗牛肉丸的"含金量"之高。即便是在讲究效率的当下，市场的大量需求催生了机械化作业，以上生产加工的原则依然为企业所尊崇，显示出潮州人对美食品质的执着追求。潮州牛肉丸被评为"中华名小吃"，乃实至名归！

2023年12月10日，发表于广东广播电视台"触电新闻"媒体平台。

粤北天然美味给养站：清远

对于好吃、会吃、懂吃的老广来说，清远无疑是一座举足轻重的城市。好山好水出好物，依托青山、碧水环绕的优良自然生态环境所生发的丰富原材料资源，大批品质上乘的特色农（副）产品在清远遍地开花，牢牢套住了老广挑剔的味蕾，使其对清远味道产生了天然的信服，而清远味道，也未曾让人失望过……

英德红茶：茶汤晕染英女王笑靥

素有"岭南古邑"之称的英德，以山峰为骨，江水为衣，拥有喀斯特地貌的独特地理条件，这份大自然的馈赠被英德人充分利用，他们把大大小小的茶场建在了地势开阔的丘陵缓坡上，产出了蜚声海内外的英德红茶。

当你行走在茶乡英德，融入当地风物时，很容易产生一种奇妙的穿越感：远和近、快和慢，传统与现代、历史与未来会一一展现在你面前，又缓缓融合到小小一杯热气升腾的英德红茶里……

冲泡后的英德红茶，香气高锐、持久，茶汤色泽红亮明艳，如琥珀般璀璨夺目；其口感虽不像绿茶般清新，也没有黑茶那般苦涩，却蕴含一种恰如其分的醇厚感。其因品质上乘，被茶界公认为中国乃至世界最好的红茶品种，享有"东方金美人""世界高香红茶"之美誉。

上过英国广播公司（BBC），进过人民大会堂的英德红茶何以别样"红"？早在1963年，英女王伊丽莎白二世就曾在盛大宴会上以英德红茶款待贵宾；1986年，女王首次来我国访问时，特地选购英德红茶来招待宾客，更是将英德红茶的声誉推上一个新的台阶。可以说，是英德红茶让东西方的相遇多了一丝沁润人心的馥郁香气。

而英德本地人在日常生活中，亦将"客来敬茶"作为待客礼节，不论是上班间隙，还是洽谈公务，都有品英德红茶的习惯，皆因其具有生津止渴、清热解暑、健胃提神等保健功效，且四季咸宜。

"坐酌泠泠水，看煎瑟瑟尘。无由持一碗，寄与爱茶人。"在缕缕茶香中，寻味足以晕染英女王笑靥的英德茶汤，保证点滴上心头！

西牛麻竹笋：撬动百亿级大产业

等待一场电闪雷鸣的惊蛰，在英德市西牛镇，是人们关心的大事。时值三月，镇上漫山的翠竹郁郁葱葱，溢出春的气息。竹林下，待破土而出的"小绿胖子"正是每年动辄出口额上千万美元，敢为天下"鲜"的清远知名特色农产品——西牛麻竹笋。

每天，轰鸣的卡车汇入这座被誉为"中国麻竹笋之乡"的小镇，载走数以吨计的笋，而后在省道交会处分道扬镳——有的西行，为广西螺蛳粉送去最具灵魂的配菜；有的北上，成为麦当劳酸笋汉堡里搅动味蕾的主角；有的跨洋，被端上日本、新加坡等国家的餐桌。

扬帆"出海"的西牛麻竹笋，拥有世界最先进的生产加工技术，其衍生的产业链带动数十万农户增收，是英德人引以为豪的"剥皮黄金""蔬中第一珍"。当前，英德市正在通过扩大种植规模、金融扶持、延长深加工链条等举措，推动麻竹笋迈向百亿产值，该产业未来的发展前景值得期待。

清远丝苗，清香溢远

惜时，惜物，惜粮食；有灯，有家，有米饭。一粒米中藏世界，半边锅内煮乾坤。小小清远丝苗米，几经熬煮烹饪，盛装大地的滋味，供养着人们的一日三餐，建构起家家户户的百味生活。

"北有五常，南有丝苗。"丝苗米作为极具岭南地域特色的籼型优质稻米，米粒细长晶莹、白净通透，煮熟后香气浓郁，口感软韧有劲、细腻可口，被誉为"米中之碧玉，饭中之佳品"，在广东人日常的餐桌上"挑大梁"。

清远地处粤北生态优化区的核心位置，素有"珠三角后花园"之称。丰饶的自然资源，为丝苗米的种植与产业发展提供了良好的生态屏障。

寒色不遮岭南翠，千里粤土熟稻香。2023年12月2日，清远丝苗米区域公用品牌推广系列活动，高调走进了全球高端食品及优质农产品（深圳）博览会；通过现场烹饪试吃等产品推介活动，擦亮清远丝苗米的"招牌"，让广大消费者在这个冬季尽享"丰"味。

"是什么米煮出来这么香？""吃着味儿真清甜""嚼劲十足"……来自五湖四海的食客及采购商陆续被诱人的饭香味吸引而来，齐聚清远丝苗米展位，争相品尝那一碗碗刚出炉、冒着热气的丝苗米饭；绵软饱满的上佳口感，为大家所称道，甚至纷纷下单为家里囤货。

清远丝苗米以自信的姿态"惊艳"亮相此次深圳食博会，既是清远市加强丝苗米"12221"市场体系建设的探索，也是推动该产业"规模化、标准化、数字化、品质化、品牌化"的重要举措，展示着清远丝苗米由"小米粒"蜕变成"大产业"的现代农业发展大好前景。

2023年12月13日，此文发表于广东广播电视台"触电新闻"媒体平台。结集有修改。

辑三　诗歌

菩提树·蔡秋川

寂然的沧桑

昨日踏足海鸥岛，挑了一片浓密的树荫坐下乘凉。

头顶的菩提榕树冠，在闷热的空气中轻轻摇曳浮沉，而枝叶的摩挲也赋予了这里一种年月悠然的兴味。

斑驳墙隅堆砌的杂物，于酷暑中隐约散发出熏蒸之气。皱巴巴的破皮鞋，泛黄缺角的旧书，废弃的扫帚，都化作了村屋里老妪重浊双眸里收拢的一世沧桑。

眼前的老妪形容枯槁，干瘦的骨头差不多要戳破暗棕色的老皮，一双糙手青筋扭曲，镌刻着大半生挣扎过来的千难万苦。她微微往外喘气，向前佝偻着腰身，紧紧拄着拐棍，进一步，退半步，踉踉跄跄向前挪，两条哆嗦的弯腿几乎站不稳，颤巍巍像弱不禁风的干树枝。

那沉重的眼皮底下，隐藏着炭火般微弱的光点，在默默燃烧着。

火苗总有将熄的时候，人亦总有垂暮之年。老妪一头在风中凌乱的灰白头发是操劳的见证，弯曲的脊背是辛苦的身影，脸上的沟壑是岁月流淌的长河，枯黄的皮肤是夕阳的余晖。

她似乎被抛在时光的角落里，任由死神在耳边隐隐地呢喃，那向晚而立的样子让人伤感。

而这份寂寥与伤感，时如丝絮游浮，时又低回婉转。

天地同老时，漫漫长路，却依然只是形单影只，依然只是自弹自赏。

苍茫天地间，蓦然回首，千回百转也抓不住一片衣角，无法挽住一缕青丝。

而头顶，菩提榕的枝繁叶茂，又何尝不是她历经似水年华，而后用青春接纳又送出过的蓬勃生机呢？

我突然想上前握握她的手，却一时无言以对，罢了……

年老和青春，两种真实都天真无邪。然而，岁月确是蛮横，以至于生命中一些匆匆过客，注定束手无策地茫然相对……

2022 年 12 月，此文入选"岭南散文诗存"《大地》一书。

扎西德勒

西藏人的心哟,就像一团燃烧的火,
足以让太阳和雪峰齐闪光,让歌声同秃鹫共飞翔。
西藏人弯腰就能抱起牛羊,让牛羊和草木一起生长;
西藏人走路就能踩出舞姿,让舞姿同白云一起激荡。
当西藏人双手合十,向布达拉宫的佛像颔首膜拜,
便传来了远古的呼唤,留下了千年的祈盼。
在藏地,几乎每一座神山圣湖,都有着奇特的神话由来,
纳木错粼光湛蓝的湖水,汇聚着唐古拉山思念的苦泪;
大昭寺终日闪烁的烛火,照耀着宗教亘古不变的轮转。
聆听没有一丝杂音的雪山天籁,
与上古的生命之魂合唱。
接下西藏人敬献的长长哈达,回敬一句"扎西德勒",
淳朴的情分便荡漾在彼此心灵深处,饱含打动人心的诚挚。

闲来走进拉萨小茶馆，
品一口酥油茶，醇美就会渗入你的每一道血管；
听一段颂佛经，神秘就会融进你的每一根神经。
呼吸着海拔三千多米稀薄而纯净的空气，
仰起头遮眼一看，天蓝得不像话，
洁白的云朵镶着细窄的金边，
飘浮间，阳光一遮一蔽，往小小的厅堂洒下斑斑驳驳的剪影，
西藏女人往那儿任意一站，便定格成了一幅画……

2021年5月27日，此文发表于《潮州日报》"百花台"副刊。

西藏之魂

光柱投向珠穆朗玛峰之巅
伫立于谶语的最高处
万世的如法经筒不停地转动
打开 扇隐秘的窗户
能听见青稞在远方纯净地呼吸
众神肃穆
西藏的太阳在灵魂深处安静地燃烧

潮州棂星门·蔡秋川

禅城的脉搏（组诗）

——赏袁桂扬油画有感

古灶晨光

十里南风　沉吟于鲜活的浪漫

时间冢里　忘怀于古老的长情

晓梦迷离的清晨

漫天橙黄的云翳

五百载窑火袅袅不绝

千年古灶高高垒起的陶碗

以陶泥的涅槃

承载着厚重磅礴的时代精神

我真想高捧海碗开怀畅饮

凭借几分醉意

遥想昔日"涨海声中万国商"的丝路盛况

秋韵

林深重重　一剪落红

絮裹着凡尘醉语

于溪涧潺潺间

踮起秋风的舞步翩翩

远山的瀑布　是模糊的朦胧之魅

近处的溪流　是斑驳的肌理之美

清幽地流淌着秋的意韵

梁园曦韵

绿水幽庭　水石清华

于油画笔下色泽冷暖的微妙变化中

丰富细腻玲珑

二百年的岁月沧桑风雨洗礼

赋予梁园古朴之姿

配以台阁　绕以池沼

间以竹木　饰以栏槛

处处萦绕着骚人墨客特有的高雅情调

岭南人文的底蕴和精髓

就在这片静谧中

逸趣横生　芳华毕现

禅城新区

城　以盛民也

恰逢盛世

以"绣花精神"匠心塑城的禅城

正以品质打底,用格调挥毫

勾勒出更多人心中的"诗与远方"

品质是格调的基础

格调是更鲜明的品质

在笔力雄健、气魄恢宏的油画背后

跳动的是大时代强劲的脉搏

此心安处是吾乡

在禅城,让你我遇见最美的佛山!

致属于我的那个你

从前略带几分青涩的我
未曾写过关于爱情的诗歌
以为独独我缺乏这方面的禀赋与灵性
及至在茫茫人海中
遇见属于我的
独一无二的那个你
我才猛然发觉
原来每一个沐浴在爱河中的人
都是诗人

我愿意相信
你是命运对我的格外垂青
这份姗姗来迟的爱恋

无论是摆在心尖

含入口中　流盼眼底

都日夜撩拨心弦

使我走在街上

但凡脑海里浮现你的面容

便会平白无故地痴然如醉

没承想

相思也是一种病

我渐生多愁善感的症候

你知道我容易伤感　容易哭

尤其是在落叶飘零的深秋时节

你懂我　把我洒落一地的泪珠汇聚起来

成了一泓明澈的山溪活水

在你我心田上欢快地流淌

绞尽脑汁

用胡诌的情话和幼稚的鬼脸

博我绽颜一笑

我笑了

你也跟着笑了

你无私地说你不怕死

只是害怕除你之外
再没有人替你如此地爱我

我自私地说我很怕死
因为担心没有我的你
会不会有另外一个"我"来爱你

于是我开始思索
生命　本是一份与上帝缔结的契约
每个渺小的你我
皆白纸黑字地被撰写好了承迎送往的人生历程
至于何时何地
邂逅被称作"另一半"的灵魂
自是冥冥中最好的安排
而一经相逢
那融汇的瞬间所迸发出的无限光华与热力
足以润泽悠长的来日
教人不悔此生

数不清多少个星光叶影下的月夜
当我冰凉的小手被放进你温暖的衣袋
感受着你焐热的融融爱意

是多么开心

这不是梦吧
假若现实甜美如斯
我真担忧
上帝会不会鲁莽地扰醒我们的好梦
我不知道
我也不想知道
我只想
在未来每一个可以相依相守的平凡日子里
天天陪着你逛菜市场
为你亲手烹煮你最爱喝的鲜鱼汤

跋

  我的"作家梦"由来已久。对于写作这回事，我自小便心怀虔诚；这种敬畏之心，与功利性的图名求利无疑是大相径庭的。
  早年间，我在广东广播电视台任编导，时常出差，便接触过许许多多的人与事。在忙碌的工作间隙，但凡碰着了灵感乍现，我便抓紧将琐碎的感触挥洒于片纸只字中，哪怕零零散散，一时不成气候。那会儿的我，只是纯粹地觉得写作若有"思路"，乃天赐良机，可遇不可求，只有花费心思撰写下来，才不至于暴殄天物。并且，我一直笃信一个理儿——"厚积薄发"。
  就这样，几年间不经意地积攒下来，我笔下大大小小的"豆腐干"陆续发表于诸如《南方日报》"海风"副刊、《羊城晚报》"花地"副刊、《潮州日报》"百花台"副刊等刊物，这着实大大鼓舞了我。
  《陌上暖阳》是我的第一本书，一本散文随笔集。该书共收录了数十篇文体不一的文章，由散文、随笔、诗歌三部分组成。内容涉及亲友之情、生活轶事、社会见闻、游历心得等。

在满腔热忱地撰写《陌上暖阳》的过程中，我用一个个方块字"垒"起了脑海里的种种心思、认知、想法、情感……正是通过对"文字"这一灵活的媒介进行调度，让我内在的精神成长有迹可循。《陌上暖阳》一书，成为我内心情感的真实映照，以及对生活的感悟和对世间的理解。

日常生活中，我处处留心，时时留意；一边生活，一边思考。在自由奔放的心境里，放牧自我，抒发对生活的感恩与对生命的热爱。每当我敏感地捕捉到凡尘间令人感动的瞬间，即便是不惹眼的细节，也会令我格外欣然。可以说，细心观察并以文字来表现细节，是我一直以来的追求。

虽说我对文学情有独钟，但我大学读的是油画专业，手中的画笔一直没有放下，所以就有了书中的若干幅插图，希望能给读者们带来愉悦的阅读体验。

借文集出版之际，我衷心感谢所有关心、支持和帮助过我的人。感谢广东散文诗学会会长陈惠琼女士，给予我许多成长的空间；感谢作家黄国钦先生，在我的文学路上给我许多点拨，并且用心为本书作了序文，鞭策我继续砥砺进取；感谢我的亲友，尤其是江开达教授，给予我莫大的支持与鼓励……所有这些，成为我强大的精神后盾，促成了《陌上暖阳》的问世。这，将温暖我的一生。

2023年5月于广东广播电视台